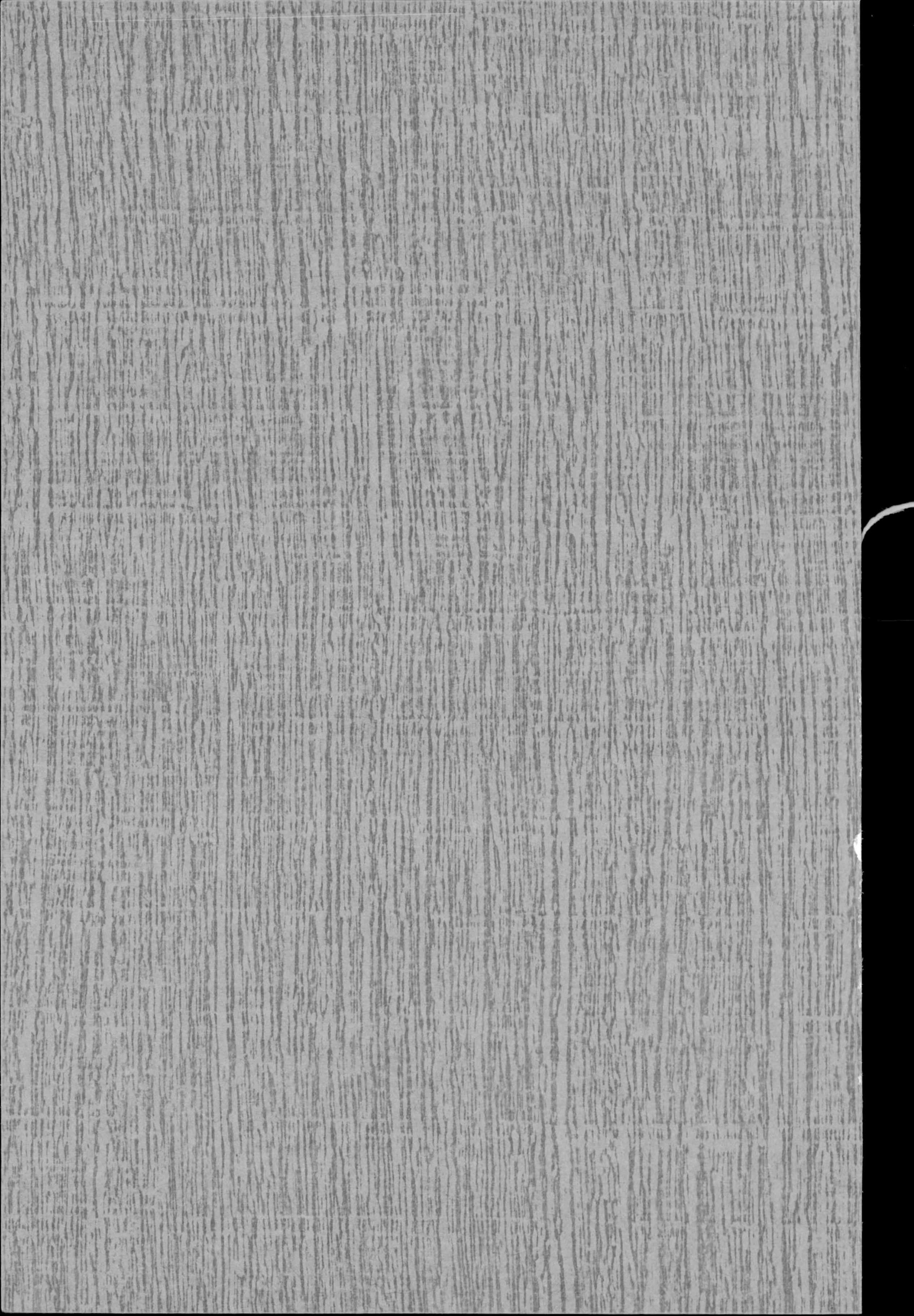

# 草圣怀素

张社教
著

陕西新华出版传媒集团
陕 西 人 民 出 版 社

图书在版编目（CIP）数据

草圣怀素 / 张社教著 . — 西安 : 陕西人民出版社，
2021.3

ISBN 978-7-224-14027-9

Ⅰ . ①草… Ⅱ . ①张… Ⅲ . ①长篇历史小说—中国—
当代 Ⅳ . ① I247.5

中国版本图书馆 CIP 数据核字（2021）第 045599 号

责任编辑：贾西周
封面题字：张社教
封面设计：建明文化

草圣怀素

作　　者　张社教
出版发行　陕西新华出版传媒集团　陕西人民出版社
　　　　　（西安北大街 147 号　邮编：710003）
印　　刷　西安市建明工贸有限责任公司
开　　本　787 毫米 ×1092 毫米　1/16
印　　张　12.5
字　　数　150 千字
版　　次　2021 年 3 月第 1 版
印　　次　2021 年 3 月第 1 次印刷
书　　号　ISBN 978-7-224-14027-9
定　　价　45.00 元

畴昔谓之“狂僧”是不解其“藏正于绮，蕴真于草，稿巧于朴，露筋于骨”。观其以怀素称名，“藏真”为号，无不心会神解，若徒视形体，以点画求之，岂能窥其精妙！

——明　项元汴

# 一本可以当书法理论来读的小说

张社教具有扎实的书学功底和较深厚的理论素养，多年来，一直致力于怀素个案书法研究。在当代怀素书法研究较冷并鲜有突破的情形下，他连续发表数十篇研究论文，在怀素交游、师承、草书风格创造、《自叙帖》版本及怀素接受史与怀素书风对后世影响诸方面皆有较深研究。有些专论，如《邬彤小考》《怀素书风隐寓道家情怀》《〈自叙帖〉蜀本和苏本之比较》等，他都在深入研究，综合已有研究的基础上，提出了自己独到的学书见解；在研究方法方面，强调史论结合，将考证与历史文化阐释加以有机融合，具有较强的理论视野与敏锐的问题意识。

此作不同于一般评传或小说，它是在怀素专题及史学研究基础上，融入文学笔法，塑造典型环境中的典型人物，揭橥人物性格特点。更难能可贵的是，以怀素生平史实为中心，勾连起有唐一代与怀素平生交游的著名人物，如邬彤、元结、戴叔伦、朱遥、颜真卿、杜甫、李白、陆羽等，展现出中唐社会宏阔的书法文化背景。结合怀素人生轨迹和一生书法历程，贯穿书法理论探寻，是这本书的一大亮点。

《草圣怀素》的史学性胜于故事性，而围绕怀素书艺的书学阐释，对书法爱好者会有有益的启发。

中国书法家协会学术委员会委员
河北美术学院教授
《书法导报》副总编
第二、四届中国书法兰亭奖理论奖评委

姜寿田

2021 年 1 月 12 日

# 目录

# 九嶷钟灵毓草圣，俫崽降生零陵城

唐开元二十五年（737）深冬，九嶷脚下，零陵城里，寒意隆隆。

零陵县衙主簿钱强，戴顶毡帽，袖着双手出了大门。

衙门事不多，他提前开溜。路两边卖吃食的小摊笼蒸筐蔚，热气腾腾。零陵城就属这里热闹，官署、盐店、布店都在这街上。肉铺里挂着整扇的猪肉，卖油的，卖丝线的，卖绒花的，卖竹器的，卖膏药的，吹糖人的，耍蛇的……什么都有，吆喝之声此起彼伏。摊贩大都认识钱强，纷纷打招呼，钱强也格外客气，总是从袖筒里抽出手摆一摆，点点头，脸笑得像一朵花。

天气虽冷，钱强心里却像这街边蒸笼一样，热乎乎的。他十六岁时娶刘氏为妻，结婚多年，苦于膝下无嗣，为此求神拜佛，没有少花心思，如今眼看三十岁了，生了个儿子，取个奶名叫“俫崽”。

中年得子，钱强高兴得没法说，满月前十几天就发请柬、请执事、买糖果，街坊邻里、亲戚朋友、同僚相好一拨一拨地前来道贺。钱家喜气盈门，大宴宾朋，筵宴永日。满月当天，钱强劲儿也攒足了，锣鼓家什全上。一时间鼓乐喧天，偌大一个零陵城，角角落落都听得见。

午时正刻，钱强和妹夫抱着孩子出门撞喜。客人都坐到了席棚里，路上行人稀少。钱强既想撞到一个当官的，又想撞到一个有钱的。

远处终于有一个人向这边走来，影影绰绰的，渐渐近了，钱强看清是一个和尚，他有点沮丧，道：“欲撞富贵，却是僧人！”

唐朝僧人的社会地位并不低，妹夫安慰道：“僧人？也很好的！”

近了，原来是伯父从书堂寺赶回来，恰好碰上。

满月宴上，宾客们纷纷向钱强道喜，不久钱强就醉得不省人事。

俫崽很快周岁了，依照风俗要“抓周”。一张桌子上摆着文房四宝、算盘、钱币、吃食和玩具等，钱强把孩子抱过来，小俫崽一把就把毛笔抓了过去，钱强一脸的高兴，合不拢嘴，亲朋都说：“这孩子将来肯定有出息。”

钱强也喜欢写字，闲了捉笔弄墨。俫崽见了就爬过来抓着笔乱涂。钱强心想，这“抓周”还真灵验。

俫崽两岁多了，钱强把爷爷、伯父和父亲的一些手迹翻出来，让他去“照猫画虎”。

俫崽照着“猫”却不画“虎”，总是由着性子胡涂乱抹，气得钱强大声呵斥。刘氏埋怨道：“才两岁的孩子，能拿住笔都不错了，还指望像伯父那样去写？”钱强便不再多说了。

## 2 执拗之性亲难阻，决意出家书堂寺

自从俫崽降生，钱强夫妇如获至宝，一家人也有了精神，日子过得有滋有味。

突然有一天，七岁的俫崽闹着要出家。

这事说起来与钱强的伯父有关系。

伯父释惠融，在离家不远的书堂寺驻锡，他擅长书法，欧楷写得足以以假乱真，零陵人都很敬重他。

俫崽从小就喜欢这个伯祖父，只要他回来，便像糖糕一样黏着他。

过年了，人们都很悠闲。大人们话长里短地唠家常。孩子们最快乐，不用去学堂，不用帮大人干活，就像风轮一样颠来颠去地玩。这天，一群孩子围着释惠融听故事，他手里拿着蒙童识字课本《千字文》，便给孩子们讲起了《千字文》的故事。

南北朝时期，梁武帝命令侍臣殷铁石从王羲之留下的碑文中，拓下不重复的一千个字，供皇子们学习书法。因为拓片字字独立，互不连属，不好使用，他又对大臣周兴嗣道："卿有才思，为朕韵之。"周兴嗣闭上房门，把这一千个字摊在桌上、摆在地上，逐字揣摩，反复吟诵，最后连缀成这篇内容丰富的《千字文》。拓片比较零散，梁武帝又令擅长书法的大臣萧子云负责，依照文本，将拓片临摹成册，作为书法帖本。萧子云从自己学生中挑选学业优秀、书法不俗的王法极做他助手。

王法极是王羲之第七世孙。从此他也得以进入内府藏书阁，在那里阅遍了先祖诸多墨迹，他对王羲之、王献之的书法极为钦佩，发誓要使先祖的书法万古流芳。为了能专心于书法，免除世俗的纷扰，他决定遁入佛门。不久，他便带着弟弟在京城建康剃度为僧，哥哥法名智永，弟弟法名智欣。大同三年（537），兄弟俩返回山阴（今浙江绍兴）故乡，捐献家宅为寺。梁武帝本就奉佛，对此很感动，特从智永、智欣俩兄弟的法名中各取一字，颁赐“永欣寺”匾额，以示褒奖。

智永在永欣寺里建一阁楼，发誓书不成，不下楼。就在这座冷冷清清的小阁楼里，他如痴如醉地练字。他把用坏的笔头扔进大瓮，天长日久，积了好几瓮。后来他把这些废笔头埋在屋外，自撰铭词以葬之，时称“退笔冢”。经过三十年的努力，智永的书法声名远播，求其真迹者络绎不绝，智永穷于应付，以至于“缣素帛纸，堆案盈几，先后积压，尘为之生”。登门拜访的人太多，连门槛也踩坏了，他只好用铁皮加固起来，时人称之为“铁门槛”。“退笔冢”与“铁门槛”便成为书坛佳话。

释惠融讲道：“智永后来从他临写的《真草千字文》中，挑选了800多本，分赠浙东各寺庙，今天，此启蒙教材《真草千字文》便是。所以，习书非下苦功不可。古人云：笔成冢墨成池不及羲之即献之；笔秃千管墨磨万锭不作张芝作索靖。”

听故事的一大群孩子中俫崽年龄最小，但“退笔冢”“铁门槛”的故事在他脑海里留下深刻的印记，一直影响了他的一生。

一天，零陵县衙师爷尹沉来家里和钱强下棋，见俫崽的习字本，惊讶不已。他发现这个孩子的言行表现出异于同龄孩子的成熟，就肯定道：“不要小觑这孩子，将来学必功成，才当逸格。”钱强一高兴，用家里最好的酒菜招待尹师爷。

随着年龄增长，俫崽对笔墨的兴趣有增无减，不知从哪天起，俫崽产生了随伯祖父去书堂寺学习书法的想法。

有一天，伯祖父又回来了，俫崽对父母说，要跟伯祖父去出家。父母和伯祖父都不同意。伯祖父问他："你出家何为？"

"练字！"俫崽坚定地回答。

"你还太小，不懂事理。出家人要事佛修禅，不光练字。等你长大后，再去也不迟。"伯祖父哄着俫崽。

伯祖父走时俫崽缠着要去。父亲拽着他一只胳膊，任俫崽怎么挣扎，就是不放手，释惠融并没当回事，认为是小孩闹着玩玩而已，便迈开流星大步消失在了暮色里。

俫崽使性子，连晚饭也没吃。钱强和夫人刘氏以为小孩使使性子，过一会儿就好了。

忙了一天的刘氏，给闹性子和衣而卧的俫崽盖好被子后不久，自己也睡着了。谁知半夜里，俫崽蹑手蹑脚地起来，偷偷拿上砚台和毛笔，悄悄开门顺着伯祖父消失的湘桂官道赶去。刘氏一觉醒来，摸摸旁边，发现被子是空的，她急忙蹬了钱强一脚，带着哭腔喊道："快，俫崽不见了！"

钱强急忙披衣趿鞋，从屋子找到院子，刘氏在后面不停地呼唤名字。他们找遍了角角落落都没有找见，刘氏见大门半掩着，喊道："俫崽找伯公去了！"

钱强吩咐妻子在家里守着，自己直奔县衙，喊了几个跟班弟兄，举着火把，沿着湘桂官道，朝着书堂寺方向寻去。

钱强思量，儿子人小，不会走得太远。在急赶二三里之后，就放慢脚步，叮嘱大家仔细搜索。

忽然，钱强看到前面点点绿光，他心里一缩，跑了起来。有人不禁失声喊道："狼群！"

钱强脑袋嗡的一声，心想完了，俫崽被狼吃掉了！他左手握着火把，右手挥着杀威棒擂向最前面的那只头狼。头狼甚是机灵，向右后方一跳，躲了过去，钱强的杀威棒砸到地上，断成两截。借着火光，钱强这才发现足有十来只狼，全都掉过头，闪着绿莹莹的眼光，向他形成了围攻之势。他知道狼怕火，就擎火把和狼群对峙。这当儿，后边几个弟兄举着火把和棍棒，呐喊着赶过来，狼群这才悻悻地退去。

钱强吩咐弟兄们仔细搜寻。有人发现一只鞋和一方砚台，钱强见是俫崽的物品，不由得悲从心起，“哇”的一声痛哭起来，众人都有一种不祥的感觉，但不知道怎么安慰他才好。

就在这时，旁边一棵大树上“哧溜”一声下来一个人，钱强见是俫崽，不由得由悲而喜，由喜而愤，挥起半截杀威棒向儿子屁股抡过去。

俫崽此时只有七岁，却性格执拗。此前他要随伯祖父去学书法，父母不同意，当时父亲抓着胳膊，他实在挣不脱，也没办法，他只好暂时安静下来。后来他趁父母半夜熟睡之时跑了出去。当发现狼群时，他竭尽全力以最快的速度爬上了旁边那棵大树。在树上他目睹了父亲他们赶走狼群的全过程，当他顺着树溜下来时，父亲抡过来的棍子打在屁股上撕心裂肺地疼，他咬着牙齿，没吭一声。

俫崽屁股着实挨了一棍，钱强追着再要打时，被众人拦住了。他们便轮流把俫崽背回了家里。

刘氏见儿子找回来了，喜极而泣，心疼地抚摸着儿子红肿的屁股，搂着他睡到天明。

第二天刚起床，俫崽也不吱一声，犟着头又往出走。知儿莫若母，刘氏暗地里关注着，见儿子又要溜出去，一把拽住，一把鼻涕一把眼泪地劝，俫崽不吭声，只是要走。钱强见了，过来吓唬他，但毫无作用。钱强实在没办法，也打了退堂鼓，便对儿子道：“你一定要出家，那就去龙兴寺吧！

它在家门口，娘亲想了，可以随时去看看。”

俫崽就一句话：“俺就是要去书堂寺。除过书堂寺俺哪儿也不去！”

唐代，佛教得以推崇，学子一旦考中进士，便到慈恩寺塔（今大雁塔）下题名，曰“雁塔题名”。唐代寺院也是开放的文化活动中心，高僧云集，文化繁荣，诸如说唱杂耍、上香拜佛、欣赏壁画和文化交流多在寺院，僧侣的社会地位很高，也不是想当就能当的。一要五官端正，二要声如钟磬，三要聪明，孩子多的人家往往选一个送去寺院。钱强拿儿子实在没办法，就换个角度想，事佛盛行于世，寺院里大师聚集，人才荟萃，也是做学问的好地方，能出家事佛也是很光彩的事，如果运气好，拜个名师，立身扬名，光宗耀祖都是有可能的事。无论是做学问还是修禅，等他年长一点再还俗就行了。虽说儿子年龄小点，好在在那边有伯父照顾。想到这里，钱强劝俫崽静待几日，等自己安顿一下，再送他去书堂寺。

这日，钱强起了个大早，从家里出发，领着儿子向书堂寺方向走去。

书堂寺在零陵城北三十里外的岐山头村，路程不长，但出了零陵城便是荒山野岭，崎岖难行。走了还不到一半路程，俫崽就走不动了，钱强便背着他走。晌午时分，他们气喘吁吁地来到了岐山头村。

岐山头村地处川道，倚北山而面南水。书堂寺位于岐山头村东南约一里地，高出河道六七米的文秀山山根一平台处，与岐山头村隔河相望。放眼望去，川道处的文秀塔分外醒目。

沿着官道向南而行，率先来到文秀塔下。文秀塔底层直径为两米，为青砖结构，有七层，呈六角形，塔高约九米。塔身约齐胸高，用凿制规整的青石块砌筑而成，再往上全是青砖。西边半人高处，还有一个窑洞形的佛龛。塔体中镶嵌着功德碑，从碑文来看，文秀塔始建于汉明帝时期，因在文秀山山脚而得名。钱强领着儿子绕塔一周，也没心思看这些，就往河对岸书堂寺赶去。

书堂寺坐西南面东北，建在湘桂驿道的西边，寺门离驿道也就一二十步的距离。四面树木葱茏，山门并不高大，进去依次是天王殿和大雄宝殿，殿门口便是释惠融那清劲的欧体对联：

大肚能容容天下难容之事

开颜一笑笑世间可笑之人

弥勒佛背后，是韦陀。穿过殿，有一小院，有僧房七八间。神奇的是荷叶山顶与书堂寺前面的台子山顶恰在一条直线上，因此风水先生说书堂寺是一块风水宝地。

书堂寺不仅在湘桂驿道边上，还离黄金码头“老埠头”不远，水陆交通方便，路顺人多，香火旺盛。钱强经过打问，终于在大雄宝殿旁边的松树下见到了伯父释惠融。

惠融禅师一听让俫崽跟自己出家，便摇头道：“太小了，恐怕自己料理不了自己！”

钱强对伯父道：“这孩子年龄虽小，但自理能力很强，且犟起来十头牛都拉不回来。”他就把儿子如何半夜追赶伯父，遇狼群袭击，爬树自救的事讲述了一遍，惠融禅师沉思了半天，一句话也没说就走了。钱强和俫崽呆呆地站在原地不动。

其实，惠融禅师也十分喜欢俫崽，觉得他对书法有兴趣，有天赋，但他只有七岁，太小了，即便自己收留下，住持未必同意。他心里没谱，边走边思忖，如何向住持说起。

释惠融和住持是非常要好的朋友，他知道，如果照实情说他肯定不会同意。便对住持说，侄子家里穷，度日艰难，为缓解生活之困送孩子出家。他说这个孩子极其聪慧，便把前几天深夜出家遇狼的经过讲了，住持起了怜爱之心，便让释惠融将人领来，看看再定。

释惠融来到树下，对钱强父子俩道：“一会儿见了住持，问起俫崽年龄就说十岁，其他话甭说。”

大殿门槛很高，俫崽跨不过去，钱强领会释惠融的意思，并没有抱儿子，迅速抓住他的左胳膊，连拎带拖提了过去。

住持手持经卷，见他们来了，抬头打量，见这孩子明眸皓齿，五官周正，相貌透出一股子灵气，甚是可爱，便问：“你说他有十岁？”

“刚过十岁。”钱强回道。

“咋看着不像！”住持说。

“家里孩子多，吃不好，身体瘦弱了些。”钱强也不敢拿出平日县衙办差的气度，点头哈腰道。

“只是觉得还太小，恐怕难以自顾。”住持转向释惠融道，“师弟若愿受累，先自个带着，稍大点随怀仁他们修禅吧。”

“这样最好。”惠融禅师应道。

住持见俫崽大眼睛，圆脸蛋，眉目清秀，年少机灵，稚嫩可爱，便道：“你年少单纯，古话有‘见素抱朴，少思寡欲’，你属‘怀’字辈，法名就叫怀素，字就叫藏真吧。从字面意义来讲，‘素’也有‘空’之含义，也有朴素、纯洁之意。”住持取这个法号，无疑是希望他能远离尘世的喧嚣，清心寡欲，静心修佛。俫崽从此步入了佛门，成为书堂寺里年龄最小的僧人。

俫崽当时没太懂，但他很爱自己这个新名字——怀素。

怀素还是个孩子，大家都喜欢逗他玩，不久便成了书堂寺的“开心果”。寺规尽管很严，但怀素那么小，也没人去严格约束他，当大家诵经时，怀素匍匐着身子，躲过住持视线，在间隙爬来爬去嬉戏。住持即便偶尔看见了，也眯着法眼，视而不见。

## 伯公授书初启蒙，俫崽浅尝《冠军帖》

光阴荏苒，时光如梭，怀素到书堂寺已过了三个年头。他个头长高了，身体也结实了许多，但随着年龄增长，他的优点和缺点都越来越明显。凡是他喜爱的事凝神聚力，凡是他不喜欢的事根本就不上心。在书堂寺，他最喜欢的是抄经、练拳和学习梵文，最不喜欢做的事是打坐修禅，因为他一坐下来就抓耳挠腮，如坐针毡。

惠融禅师在书堂寺负责抄经，他欧楷写得神形兼备，足以以假乱真，全寺上下都称他为“大钱师”。怀素对书法的痴迷是无人能比，虽远不及伯祖父，但较于常人，却也出类拔萃，众僧称他为“小钱师”。如有人呼“小钱师”他便洋洋自得。伯祖父看在眼里，日子久了，便对怀素道：“天地育万物，功德至伟，而从不自夸。作字先做人，人奇字自古。你且莫自满，要有虚怀万物之心，方能精进。”

怀素虽小，似乎听懂了，不住地点头。

释惠融教怀素书法从笔法学起。他见怀素写得简单，便对他说道：“写字讲求藏头护尾，横鳞竖勒，笔笔用力，贵用中锋。这些话不但要记住，还要揣摩理解，融会贯通才可。”

怀素常常为手不及心而苦恼，伯祖父教导他：“书无百日功，唯熟能生巧耳。古语云，初作字，不必多费纸墨，取古拓善本，细观熟视，如此反复，背帖而索之。学而思，思而学，心中若有成局，然后心追手摹，举一反三，始得其二三，既得其四五，自然积少成多，以扩其量，久而久之，心手相适。”

怀素会心地点了点头，又问：“俺作真书时，竖不直，捺无力，揣摩好久，仍无良法，如何解决？”

“你要知其笔法。如捺画，看来是收笔无力，其实毛病之根在于起笔。”

释惠融拿起笔，示范了一个“文”字，写捺时边写边讲：“这捺的入笔，若露锋写来，根本写不好。你看，打点逆入，顿挫衄挫，稳住慢出。切忌急顿急出。”

怀素边看边在手心比比画画，自言自语：“收笔问题根源在起笔？”

“知道了笔法来龙去脉，非得多练不可。所谓心手相适，即为心里懂了，还得手随心动，很好地表现了心意方为心手相适。王献之学书，写尽八缸水，砚染涝池黑；博取百家长，始才龙凤飞。竖之直与不直应该从不同角度来看。初学要直，是打基础，由此练就手上功夫，提高控笔能力。然后要完成由直到不直的提高，万岁枯藤是也。因此，要经由曲中求直，直中求曲的过程。”

怀素深以为然。

怀素爱抄经，但不爱用真书抄写。他性子急，一行写不完就“草”了起来，为此常被住持训斥，好在惠融禅师历经江湖，见过世面，他自己酷爱书法，专修欧楷，但对篆、隶、草、行皆有了解。他对行草书之类尽管未作深入研究，却都能接受。他观察怀素的性格和书写特点，倒觉得怀素更适合写草书。他想起一次云游嵩岳，一个朋友赠了自己一份草书帖，因为自己不太喜欢，也不知放哪儿了。他觉得怀素肯定适用，于是着手翻寻，寻了好几天，终于在一叠旧纸堆中找了出来。原来是友人用双钩临摹张芝的《冠军帖》，他便交给怀素：“此俺好友智明禅师临摹的《冠军帖》，虽下真迹一等，但其神韵犹存，你可认真揣摩。”

怀素打开《冠军帖》，一下子惊呆了。这《冠军帖》使转勾连，奇诡多变，舒卷各得其宜。结字打破了传统规则，当连则连，连则乘势而进；当断则断，当止即止，决不激流过涧，往而不收。笔势一波未平，一波复起，气势如虹；变化无常，不可端倪。怀素惊叹道："这不就是传说之'一笔书'吗？妙！妙！妙！"

怀素如获至宝，爱不释手，日夜揣摩。

一次，怀素练字入了神，老毛病又犯了，点画如梨花碎雨，满天纷飞，当他换纸时发现伯祖父释惠融正站在身后。

怀素便把自认为写得满意的拿给伯祖父，让他点评。他得意地想，伯祖父肯定要夸赞自己。

释惠融默无声息地看着，越看眉头蹙得越紧。他指着桌上的笔墨道："你把三、四两行，重新书写。"

怀素心里有点怵，边写边回忆原帖。还没写到一半，伯祖父气呼呼道："别写了，如此还能练出个啥名堂！执笔有法，凤眼为之大忌。真书握法，近笔头寸许；行书宽纵，执宜稍远，可离笔头二寸；草书流逸，执宜更远，可离笔头三寸。习书之法，在乎于心，心能转腕，手能转笔。手不主运而以腕运，腕虽主运而以心运，一定要关节外凸，指实掌虚，宛若握卵！"

怀素额头冒出了汗珠，取过一支笔，用力握住。

释惠融见了，执笔示范并讲解道："所谓指实掌虚，是指贴管指宜实。小指贴紧无名指，用力外抵，勿使中指勾力将其压到掌心。执笔令力达指尖，非死力紧握。握之太紧，力止管而难注毫端，书之必抛筋露骨，枯而且弱。"

释惠融顿了顿，接着道："你很在意《冠军帖》风神，用笔爽利，这点没错。王僧虔说过'书之妙道，神采为上，形质次之，兼之者方可绍于古人'，你正处在打基础阶段，对于你目前来说，'形质'比'神采'更重要。你要理解‘兼’的意思，也就是说二者缺一不可。作草应情性发形质之内，点画寓使转之中。观你之书，笔道油滑，一泻而下，浮而不入。”

他把怀素刚写的翻过来，纸背朝上重重地拍到书案上，厉声道：“还说入木三分呢？看看这背面，连笔都留不住。”

怀素从没见伯祖父如此愤怒过，用怯生生的目光望着他。

“《冠军帖》貌似爽利神速，但细心观察，其用笔，无不行中留，留中行，决不似你好溺偏固，任笔为体，恣意挥运，率然轻过。”释惠融口气缓和了些，他提笔膏墨，以第二行为例示范给怀素看。

怀素见伯祖父藏锋起笔，笔留而不驻，笔行而不急，运笔稳健，但笔速太慢了，便壮着胆子道：“伯公，写草书，像您这样不是太慢了？”

见怀素用手在空中比画着，伯祖父心气稍有疏解，气也消了许多，便道：“欧阳率更（欧阳询）说，作书‘最不可忙，忙则失势；次不可缓，缓则骨痴；又不可瘦，瘦当形枯；复不可肥，肥即质浊’，这些你自己还得去体会揣摩。”

怀素点了点头，似乎明白了些。

历经伯祖父的教诲，怀素知道了书法的一些诀窍，从此更加刻苦。

练习书法需要纸张，练习草书更为耗纸。为了多领一张纸，怀素给总管打洗脸、洗脚水。但多给一两张纸对一个写草书的人来说，还真是杯水车薪啊！

纸又写完了，怀素干脆脱下自己的僧袍挥洒起来，写完了抓起怀仁的僧袍又写，又写完了还不尽兴，便跑去制衣房，干脆展开整卷的布匹写。

布上写字太得劲了，一种从来没有过的痛快，他忘记了一切，写得正起劲，制衣僧回来了，怀素慌忙从他胯下往出溜，制衣僧一把没拽住，操起扫把抡将下去，怀素后背着实挨了一下，他也顾不上疼，急速逃脱了。

制衣僧把怀素告到住持那里，住持很生气，传来怀素呵斥一通，并让人抱来众僧徒抄写的经文逐一查阅，当看到怀素抄的经文草草难认时，非常生气。佛教徒有一种修炼就是写经。沐手上香，诚心诚意的一丝不苟地抄经，就是要表达对佛祖的虔诚，这是一种德行。抄经不工，被视为对佛祖之不敬。抄经不光要求字迹工整，还要求美观大方。而怀素竟然“草草了事”，气得住持呵斥道：“好个不知天高地厚的东西，抄经竟无敬畏之心，尽是躁戾之气。今天，罚你用蝇头真书把这段经文重抄十遍。否则，重责不饶。”

怀素一阵窃喜，住持此招正中下怀。当时造纸术虽说已经很成熟，但工艺落后，纸张价格不菲，仍然紧缺。尺幅也小，一般纸张长二尺多点儿，宽不足尺。寺院纸张有专人管理，一次抄经文只发两张，多一张都不给。这一次罚抄十遍，等于多给十张纸，哪里去找这等好事？

怀素尽量写得真楷，从晌午抄到天黑，从天黑抄到午夜，手指僵硬得不可屈伸，他用另一只手掰着活动活动再写，尽管苦累，却乐在其中。

怀素很少写真书，今天终于认真写了，觉得很满意，便选了几张拿去让伯祖父点评。

释惠融端详了一会道：“作真书，一忌死板，二忌简单。疏处、平处用按，密处、险处用提。按取肥，提取瘦；太肥则质浊，太瘦则形枯。筋骨不立，脂肉何附？形质不健，神采何来！肉多而骨微者谓之‘墨猪’，骨多而肉微者谓之‘枯藤’。从前，锺繇有个弟子叫宋翼，作书上下齐平，方整相似，状如算子，锺繇严厉地斥责他，宋翼有三年时间不敢去见老师，便潜心练习，每作一波，常三过折，每作一点，如危峰坠石，折笔如钢钩，竖画钩连像万岁枯藤，结字务追险绝，最终改正了这个毛病。所以，作书要追求变化。学习古人要得其精髓，不仅要形似，更要神似，且一定要在

‘神似’上下功夫。你之真书，貌合神离，如此将会走很多弯路。”

伯祖父的话，在小怀素心里一石激起千层浪，他来了犟劲，暗暗下决心，一定把书法练出个名堂来。

## 4 醉里涂壁书歪句，亵渎菩萨受责罚

自从书布挨打，受罚抄经后，怀素心里很苦闷，自己和怀仁的僧袍洗了写，写了洗，现在全成了黑色。他经常为没纸书写发愁。抄经时特意用草书书写，想让住持发现了再罚一次，但抄经多由释惠融督促安排，住持很少过问。没办法，怀素手持《冠军帖》，捡了根树枝在地上比画，怀仁在身后看了很久，突然一拍他的光头道："笨驴，你见井台那青石没有？"

"看见了，咋啦？"怀素满脸疑惑地问。

"石板上写字比用树枝在地上划如何？"怀仁问。

怀素大悦，立即拿起笔墨去写，效果确实不错，只是石板一会儿就成了花脸，他从井里打了水冲洗，结果把井水也染黑了，厨房轮值僧告到住持那里，又被住持责罚，让他打水浇菜，直到井水完全清澈之后才可停止。

怀素和怀仁关系最好，虽然怀仁不爱写字，但和怀素一样爱喝酒。怀仁也知道因自己出的这个主意，让怀素吃了苦头，便帮着怀素打水浇菜，一个下午，打了百十桶水。怀素生得灵巧瘦小，平时干重活有释惠融罩着，突然被这么一罚，还真吃不消，累得浑身像散了架子一样。

打水浇菜已经过去好几天了，怀素还是腰酸背疼。怀仁虽说比怀素强点，也好不到哪里去。他有一种负疚感，觉得自己对不住怀素。这天，吃过午饭，他拽上怀素，悄悄溜出寺门，向岐山头村方向湘桂驿道旁的小酒馆跑去。

从书堂寺出门向北跨过溪水，沿官道有两家小酒馆，主要是针对过往行人和香客的。怀仁拉着怀素没有去最近的那个"悦来酒家"，而是钻进了靠岐山头村，离寺院远的“迎宾酒馆”。进了门直奔临窗靠墙位置坐了，小二也会意，随手拉起布帷，也不多问，上了一碟花生米、一盘驴肉、一盘肘子、一盘水煮虾、两壶烧酒，道：“二位上人，请慢用，如有需要，就喊一声。”

怀仁道：“去吧，有事唤你。”

怀仁先酌一杯，对怀素道：“师弟，对不住了，本想让你练字方便，不承想使你遭受如此之罪，俺先自罚一杯。”

怀素忙道：“师兄跟俺遭了同样的罪，俺心里也不是滋味，昨天俺试了一下，在石板上写字，不用蘸墨，用水写效果也很好的，不会污染井水。先干为敬。”怀素饮下一杯。

一来二去，两壶酒完了，怀素高声道：“小二，再来两壶。”

怀仁道：“师弟，再喝就醉了。俺醉了好说，睡一会儿就好了，你醉了到处乱写乱画，岂不又要闯祸？”

“师兄放心，今儿醉了，不练字，与你钻一个被窝，你盯着，跑不了，行不？”

又上了两壶酒，两人继续饮酒。掌灯时分，小二挑帘道：“二位，再不回去，寺门就关了。”

怀素睁着醉眼道：“师兄，别管他，把这酒肉吃完，咱翻墙进去。”

吃喝结束，等二人踉踉跄跄回来时，寺门已关闭。这天晚上月亮特亮，怀仁和怀素绕到后墙，撩袍展脚，凭借酒力，竟然轻松地翻入寺院，溜进僧房。

怀仁着了酒劲，懵懵懂懂很快入睡了，怀素却怎么也睡不着，似醉非醉地爬起来，习惯性地端着砚台，提起笔出了门，先是在房柱子上狂书，柱子书完了又在墙上狂书。不知过了多久，怀素酒劲发作，竟执笔游走到了大雄宝殿。这里的菩萨造像最多，有的慈眉善目，有的笑容可掬，有的横眉竖眼，有的杀气腾腾，尽管姿态不一，但个个都是缄默不语，衣带飘然。看到观音菩萨的衣带又白又长，怀素一阵窃喜。

怀素写的是草书，酒后书写更加张狂。平日里纸张尺寸小，书写起来很不得劲。这一喜不要紧，把一切寺规戒律一股脑全忘了，竟然在菩萨衣带上狂草起来。

天下之事也真是无巧不成书，第二天刚吃过早饭，刺史夫人带着小姐来上香，一眼就发现了观音菩萨衣带从上到下全被涂抹得一塌糊涂。刺史夫人却不认识，便问老住持上面写的什么，老住持盯着释惠融，释惠融一看，脸色煞白，手足无措，不知如何回答。刺史夫人身边的随从对怀素的草书一下子也认不准，便磕磕绊绊读道："吾本泥塑木雕，自家命运不保。尔等善男信女，虔诚实在可笑。"

老住持本来就生气，听了书写内容更是火冒三丈。他打发人去找怀素，找了半天总算把人找到了，但他躺在房檐下叫不醒来。刺史夫人听了书写的内容，非常愤怒，斥责这是对菩萨的亵渎。老住持赶紧让人去制衣房取来备用的衣带换了，刺史夫人这才上了香。临走，不管住持和释惠融咋解释，她还是把怀素涂污了的菩萨衣带带走了。

送走刺史夫人，住持怒不可遏，命人把怀素抓过来，杖责四十，逐出书堂寺。

释惠融从旁求情道："怀素胆大妄为，理该杖责，逐出寺门，但刺史夫人把污损的衣带拿回去了，不知刺史大人如何决断。现在别急着赶走他，好让他面壁思过几日，待刺史那边有了态度再做决断不迟。"住持觉得释惠融说得有理，勉强同意怀素留下，静观其变。

# 罗雀摸鸡解馋嘴，犯戒杖责遭遣逐

吃了僧棍，怀素屁股都被打烂了，释惠融熬了些中草药让怀仁给怀素擦洗。怀仁很感激怀素，因为当老住持问他和谁喝酒时，怀素说自己一个人喝的。

过了半个月，怀素终于能下地走动了。

自后两三个月里，怀素抄经、诵经、习武，面壁思过。总之，一切都随寺里的日程安排度日。不管怎样，练字总是放不下，饭后经余在地上用树枝比画，诵经静坐时在心里默练，晚上躺在床上在被子上比画。

这天吃过午饭，怀素对怀仁道："师兄，这肚子快一个月没进酒肉了，感觉馋得慌，你能想些办法不？"

"办法？俺有何办法！"怀仁挠着头想，突然感到凉凉的东西掉到头上，用手一摸，原来是鸟屎，气得骂道："妈的，老子非吃了你不可。"话未说完，脱掉鞋子爬上树去掏鸟窝。

怀仁年龄虽小，平时却修炼武功，身轻如燕，不一会儿爬到鸟窝边，在鸟巢里乱摸，三四只鸟站在不远处的树枝上叽叽喳喳咒骂，有的盘旋过来趁机啄他的光头。怀仁摸了半天只摸出了九颗鸟蛋很不满意地溜下树。

怀素不等怀仁脚跟着地，急忙上去接过鸟蛋，一一打开，这些蛋都快孵化成雏鸟了，若不破坏，可能有几天就能破壳而出了。

怀仁觉着扫兴，怀素道："这些家伙空中抓不住，咱到地上抓它。"

"吹吧，反正俺捉不住。"怀仁趿着鞋道。

"嗯，徒手捉当然不行，俺是说用箩筐扣。"怀素道。

“可以。”怀仁恍然大悟。

不一会儿，他俩从僧房找来箩筐、绳子、米糠和一根木棒。怀素先把短木棒用绳子系住，再把箩筐放到地上，用木棒支起来，然后在箩筐下面撒上米糠，两人躲到柱子后面攥着绳子。

一群麻雀叽叽喳喳地飞来了，似乎担心有诈，试探着在外围啄食。看到有两只进了箩筐下面，怀仁要拽绳子，怀素示意他再等一会儿。见进去四五只了，怀素正要拉绳子，就在这当儿，树上掉下一根枯枝，麻雀全飞了。

怀仁遗憾地嗨了一声，怀素道：“甭担心，一会儿就来了。”

果不然，那些麻雀根本就没飞远，它们观察了一会，又叽叽喳喳，蹦蹦跳跳地来了。一会儿，就进去十多只，怀素正想拽绳子，不想怀仁一急，也搭手来拽，拽得猛了，箩筐在落下时弹了几弹，有两个麻雀趁机飞了出去。他俩奔到箩筐跟前，看里面还有好多在扑棱，怀素压住箩筐喊：“快把袍子脱下来。”

怀仁脱下僧袍递给怀素，怀素用怀仁的僧袍把箩筐周围围严实，左手扶箩筐，右手从下面缝隙伸进去。箩筐里空间小，麻雀飞不起来，怀素从箩筐缝隙看进去，一抓一个准，总共捉了七只。

怀素递给怀仁，怀仁用绳子一个个拴了，七只麻雀串了一串。随后两人窜出侧门，在靠溪水的山窝窝，用三块石头围住，找些柴火放里边点着。怀仁已用溪水和好泥，把麻雀用泥裹好搁火里用树枝拨拉着反复烧烤。待泥皮全白了，再过一会儿工夫，掰开泥团，麻雀毛随着泥皮掰掉了。麻雀肉虽不多，但细嫩柔滑，香味浓郁，嚼着还真舍不得咽下去。

不知不觉七只麻雀吃完了，俩人觉着还不过瘾，看见远处一群鸡在打谷场觅食。怀素对怀仁道：“看，那儿有群鸡，抓一只美餐一顿。”

怀仁还有些犹豫，怀素说这儿僻静，不会有人看见。怀仁也就跟过来，两人围住抓到一只大公鸡，然后如法炮制，再给烧了。鸡比鸟大得多，俩人闻到香味，早已垂涎三尺。由于心急，打开早了，鸡未熟透，熟了的、半生不熟的、能撕下来的都吃了，撕不下来的用泥重新裹起来再烧。

夕阳西下，岐山头村大户张财主老远看到打谷场方向冒烟，以为着火了，让两个家丁飞奔过来查看，不想看到两个小和尚吃鸡，便不由分说一人一个把怀素和怀仁抓了回去。张财主听了，本想狠揍他俩，一想是和尚，便亲自押解到书堂寺去。

老住持这次真的动怒了，立即召集全寺僧侣，讲道：“怀素、怀仁，驻锡书堂寺已非一天，一而再，再而三违犯寺规。佛门讲究六根清净，一柱中天，入寺则事佛，事佛必诵经，一心一用，不谋二事，这两个孽障吃肉喝酒无心事佛不说，竟然杀生犯戒，书堂寺已容不得如此狂徒，杖责三十，连夜逐出寺门，再不允许踏进寺门半步。”

这次，惠融禅师怎么求情都改变不了住持的决定，他只好对住持道：“逐了这俩孽障也行，只是天黑，山里野兽出没，待明天逐去吧。”

住持不再多说，拂袖而去。第二天，怀素和怀仁打点行囊，与惠融禅师抹泪惜别。

怀素回了零陵老家，怀仁则到老埠头，沿水路去了衡阳。

# 6 盘板皆穿不知苦，淘井喜得将军印

话说刺史夫人上香之后，把污损了的观音菩萨衣带拿回去交给刺史王邕，气愤地道："官人看看，书堂寺和尚反天了，竟这样侮辱菩萨。洁白的衣带，竟被污损成这样！"

王邕接到手里让人帮忙展开，皱着眉头反复端详起来，看着看着猛然击掌，大声问："谁写的？"

堂下众人一惊，心想，书堂寺这次肯定闯下大祸了。

"一个小和尚，好像叫怀……怀啥？"夫人想不起名字来。"怀素。"跟随的差人递话道。

"小和尚？多大了？"王邕又问。

"十五六岁的样子。"

"好，忙过这一阵子，本官定要去见一见这个怀素。"

"派人捉回来问罪就行了，还用得着官人去吗？"夫人愤愤地道。

"夫人有所不知，这内容的确对佛祖有所不敬，但你看这字，天下无双啊！"王邕心里暗喜。

王邕忙过一阵子，处理完手头公务，对身边衙役道："难得有空，今天去书堂寺拜会那个怀素去。"

刺史一行来到书堂寺，老住持得到消息，心里咯噔一下："莫不是问罪来了？还好，那俩孽障被逐了，不然书堂寺要受牵连，那两个孽障也要受牢狱之灾的。"

老住持赶到门口，双手合十，施礼恭迎。寒暄过后，他也不敢说什么，只等刺史开口。

王邕来到大殿，上过香，坐下来边吃茶边道：“贵寺怀素上人可在？”

老住持双手合十：“阿弥陀佛，回大人，人已不在。因犯寺规，被老衲杖责之后，逐出了山门。”

“被逐了？”王邕很惊讶。

“逐了。”老住持道。

“逐——了！”王邕紧蹙双眉道：“逐去何方？”

“据说回了零陵城东的家里。”住持回道。

王邕也不再多说，悻悻而返。

怀素回到家里，钱强很高兴，母亲刘氏更是高兴，他们一心想让儿子还俗，娶个媳妇，再生几个孙子。于是忙前忙后为儿子准备了一顿丰盛的午餐。

怀素有心事，高兴不起来，父母再三劝慰，也没有还俗的意思。没办法，钱强以为怀素留恋寺院生活环境，就托人联系了家门口的龙兴寺住持，让怀素去那里。怀素本不想去，但觉得待家里，不如去抄经习字，也就去了。

龙兴寺地处千秋岭下，历史悠久。汉献帝建安十九年（214）孙权遣大将吕蒙取荆州，吕蒙在此地练兵，曾在这里建府，后来府邸成了寺院。寺院里面满是高大苍翠的松柏，古木成林，根深叶茂，香火旺盛。

怀素家和龙兴寺之间就一门之隔，寺在城门里，家在城门外。怀素领到纸，抄经时在龙兴寺，抄完经就回家练字，从不在寺里打坐念经。在书堂寺他最愁的就是打坐念经。这里的住持和钱强是朋友，不看僧面看佛面，对怀素的散漫也懒得去管。

怀素如此狂草，太费纸了，家里很难供给。市面上的纸尺幅又太小，怀素挥洒起来很难尽意，他干脆弄了个木盘，用生漆漆了。这个漆盘写起来效果真不错。这样他写了擦，擦了写，木盘也被他写穿了。

怀素觉得木盘练草书还是有局限，方正有余，长显不足，于是再做了一个大点的木板，刷上生漆后继续练习草书。

到龙兴寺后，怀素抄经有纸，回家练字有盘有板，只要不醉酒，也就不再在衣物、器皿、墙壁上乱涂乱画。

怀素喜欢吃肉喝酒，“潇湘夜雨”酒肆便是他常去的地方，往往一日九醉，醉则狂书。时间一长，商家小贩、邻居朋友题写门匾招牌什么的，都来找怀素。怀素乐此不疲，从不收钱，只要酒足饭饱就行了。一来二去，名声远播，索字者、请他题匾书壁者盈门不绝。

一天，商户王掌柜又想让怀素给自己写幅中堂装点门面，他知道怀素酒后往往有神奇之作。王掌柜请怀素到潇湘夜雨吃饭，酒足饭饱后，他将准备好的纸墨展开。怀素也不着急，左手执酒壶，右手执笔，待王掌柜研墨的当儿还在饮酒。墨研好了，怀素将壶中酒仰头一饮而尽。此时的他已经有几分醉意，踉跄几步，走到案边，提笔濡墨，狂叫一声写将起来。周围人大气不出，目光随着他的笔触跳跃。写到激越处，怀素那一声狂啸分外清亮激昂。

且说这潇湘夜雨酒店掌柜也是一落第秀才，也喜欢舞文弄墨、吟诗作画。怀素书写完毕，酒肆掌柜的叹为观止，命小二上了一壶陈年佳酿，商请怀素为自己的酒肆题壁。怀素品了两口酒，连声赞叹：“好酒！好酒！”就禁不住将一壶酒全喝了下去。怀素这次是真醉了，扶着桌子都站不稳。王掌柜的对潇湘夜雨酒肆掌柜的道：“上人醉了，今天题壁肯定是不行了。”

众人正想扶怀素去休息，只见他依桌而立，迷离双眼，盯着粉白的墙壁，饱蘸浓墨，绝叫三五声，奔将过去，手中秃笔随着他灵活的身姿，辗转腾挪，上下翻飞。随着笔触的移动起落轻重，他口里长腔短调抑扬顿挫地吟唱着。

唱读是怀素从母亲那里学来的。在永州，婚嫁礼物要有“三朝书”（女红），妇女们有唱歌堂的习惯，常常三五成群地聚在一起，一边做女红，一边唱读，传授“江永女书”。怀素深受其影响，往往边饮边书，边书边唱。大有“江永女书”读唱的韵致。不过，这种唱读，到了他口里，平添了一份雄强阳刚之气。掌柜的见周围观众耳目不及，狂草难辨，便朗声读道：

地白风色寒，雪花大如手。

笑杀陶渊明，不饮杯中酒。

浪抚一张琴，虚栽五株柳。

空负头上巾，吾于尔何有。

怀素书毕，掷笔饮酒之时，掌柜的才读完李白这首《嘲王历阳不肯饮酒》诗。

围观者如梦方醒，惊叹之声，不绝于耳。这时，从人群之中走出一眉目清秀书生模样的人，抱拳施礼道：“怀素上人，请受在下一拜。”

怀素酩酊大醉，斜躺在胡床上，见一浓眉大眼、额阔耳垂、官人模样的人向自己施礼，也不还礼，满嘴酒气道：“你为何方神圣？”

此人微微一笑，施礼道：“回上人，在下姓卢名象。”

“卢象？就是司勋员外郎卢象！”怀素一阵惊喜，坐直了身子。

“不，是被贬的司勋员外郎，现永州司户参军。”卢象纠正道。

怀素从父亲口中知道卢象是个才子，诗名颇盛，以“章句”崛起于开元年间，与王维齐名，世誉他的文章“妍词一发，乐府传贵”。丞相张九龄非常赏识卢象，力举其为司勋员外郎。后卢象在河南府任司录，天宝十四载，叛将安禄山攻占河南，自称皇帝，并册封了卢象。“安史之乱”平息，卢象因受过安禄山册封而遭贬谪，由三品司录贬为七品司户，流放永州。才遭贬谪，初来乍到，人地生疏，卢象满腹忧郁。怀素也早有意结识，只是没机会，今天偶遇，大喜过望，而卢象被怀素的狂书折服得五体投地。此后，俩人便两日一会，三日一饮，成了至交好友。

潇湘夜雨酒肆题壁轰动之后，加之卢象大肆鼓吹，怀素在岭南一隅，名声大噪，前来欣赏和邀请题壁的人络绎不绝。酒馆里的生意比以前愈发的好。怀素再去吃饭，店家任他点菜，分文不取。一时间，酒肆商贾、名流显贵都视怀素为座上宾。

一天中午，怀素正在龙兴寺僧房抄经，忽然听到窗外一阵嘈杂的声音，遂搁笔踱出僧房。

原来，几个师兄弟正在淘井，这口井很有名头，叫“吕虎井”。

古零陵有“五码三台，九井三槐”之说。《零陵县志》记载：“九井”是指撒珠井、紫岩井、吕虎井、春泉井、发珍井、惠爱井、朝京井、智泉井和杨清井。吕虎井又称观音井，稽有庆《零陵县志》载：井在“东山下，吴孙权遣吕蒙取荆州，驻兵于此，扦剑涌泉，谓其有力如虎故名，即今观音井”。此井为正方形，井壁以大卵石砌成，无井栏。龙兴寺就是吕蒙将军府，吕蒙将军攻零陵，“军令严肃，百姓不扰”。后人为纪念他，在东山建陵侯庙，供奉的就是吴将吕蒙。

话说“吕虎井”近来水量减少了，住持安排掘淘清淤，不料淘着淘着竟淘出一枚铜印，这帮僧人不知道是什么东西，七嘴八舌地议论。怀素拿到手里小心洗去淤泥，擦去铜锈，只见上面清晰刻着“军司马印”四个字。他如获至宝，便把师兄弟们请到潇湘酒家招待一顿，自己收藏了这枚铜印。

《三国志》卷五十四《吕蒙传》载，张昭曾推荐吕蒙拜别部司马，抚定荆州时，还拜偏将军。这应是吕蒙的印信无疑。

从此以后，怀素每逢有得意之作，便郑重其事地盖上这枚“军司马印”，这也成为后人鉴藏其作品的重要依据。

# 酒肆题壁惊幼公，诗喻妙传书蕉叶

零陵古城依山傍水，东起东山，西至潇水，南起南门小菜园，北至东山转角楼。七个城门，东、南、北门在东山，至今还残存着沧桑印记的老东门遗迹。其余四门顺潇水而下，从南到北依次为太平门、小西门、大西门、潇湘门，与之对应的是四个老码头。这里远离大海，遥望长江，湘江水路通达广西。

这天，随着一条气派的官船靠岸，三十二岁的湖南转运留后戴叔伦押运的盐铁船队停靠到潇湘码头，戴叔伦风流倜傥，眉宇间自带一股英气，他留足值守，自己带了随从上岸采买生活用度。

戴叔伦，字幼公，润州金坛（今属江苏省常州市金坛区）人，这是他第一次办差。初来乍到，只觉得这里的景色优美，繁华秀丽，就让常来此地的随从小哥带路，先行吃饭，再逛古城。随从小哥带着戴叔伦一众来到潇湘夜雨酒肆，找了个临窗面江的桌子坐下，点过酒菜，戴叔伦抬头打量酒肆内部陈设。这一酒家，看起来掌柜的就是勤快人，布设考究，很有文化气氛，周遭墙上点缀了一些字画，非常温馨和谐。忽然一幅与众不同的题壁映入眼帘，他不由得趋步向前，近距离欣赏。这是李白的诗《嘲王历阳不肯饮酒》，其书龙飞凤舞，随手万变，与周围书风迥异。戴叔伦不由得朗声诵读起来，当读完“沙门怀素”四个字，不由自主地惊叹：“优美绝伦！优美绝伦！怀素？怀素现在哪个寺院驻锡？”

旁边正在吃酒的隐士朱遥，见戴叔伦口吐莲花，气度不凡，遂接口道：“客官，在下朱遥，是怀素的好朋友。怀素俗姓钱，他七岁出家书堂寺，现在零陵城东门外家里习书。”

酒菜上来了，戴叔伦拉过朱遥共同饮叙。

朱遥眼力不错，这戴叔伦是润州金坛城西南窖村人，出生在一个隐士家庭。祖父戴修誉，父亲戴昚用，都是居家不仕的士人。戴叔伦年少时拜著名的学者萧颖士为师。戴叔伦博闻强记，聪慧过人，诸子百家过目不忘，在萧门弟子中出类拔萃。至德元载（756）岁末，为避永王兵乱，二十五岁时他随亲族搭商船逃难到江西鄱阳。在人生地疏的异乡，家计窘迫，不得不探寻仕途。大历元年（766），戴叔伦得到刘晏赏识，被推荐为湖南转运留后。主要负责湖南一带的盐和钱粮转运，这是他当差以来第一次到零陵。

朱遥学识渊博，久隐不仕，在零陵很有名望，人们习惯称他朱处士。他对书法颇有研究，当年看到怀素的书法时，耳目一新，为之一惊，叹道："字还可以这样写！"于是慕名赶到龙兴寺拜访怀素，从此便成了忘年之交。

戴叔伦与朱遥酒酣耳热，论起相同的家世和爱好，电光石火，一见如故，成了至交。戴叔伦十分倾慕怀素，意与拜访，朱遥一口应允，并即刻停箸罢饮，带足酒菜，直奔零陵东门外而去。

从潇湘门穿街而过，出了东门就到了怀素家，临到门口朱遥喊了一声："藏真，来客人了。"

怀素听是朱遥的声音，没应声，也没抬头，自顾自地在一块宽约三尺，长足盈丈的漆板上狂书。朱遥走到近前，见张谓也在，便和戴叔伦一起屏息凝神，站在张谓旁边观赏。怀素旁若无人，时而把笔急搦，时而翻锋波墨，笔走龙蛇。当完成最后一笔后，将笔抛向墨盘中央，这才抬头和客人打招呼。

朱遥此时在院子葡萄架下的石桌上已经摆好了带来的酒菜，招呼宾主落座。稍事寒暄，大家开始相互敬酒，怀素来者不拒，大碗喝酒，大口吃肉，不一会儿已是半酣。

戴叔伦和怀素尽管初次见面，觉得脾气合得来，大有相见恨晚之感。戴叔伦问：“上人，漆板习书如何？”

怀素道：“之前我曾制一漆盘习书，写了擦，擦了写，很快就将盘底磨穿了。我写大草，总觉得漆盘太小，很难舒展，就改成了现在这块漆板了。”

戴叔伦饮下一杯酒道：“在下出仕前，曾给鹤林上人写过一首诗。”他边说边走到漆板前，擦去一角，用遒美的欧楷书写道：

日日涧边寻茯苓，

岩扉常掩凤山青。

归来挂衲高林下，

自剪芭蕉写佛经。

戴叔伦还未收笔，怀素击掌道：“此地遍地芭蕉，俺咋就没想到呢！”话音未落，人已箭也似的冲出了大门，不一刻，抱着两米多长的芭蕉叶跑到漆板前展开，提笔调锋，狂草起来。周围看的人屏息静气，视线随着怀素那支秃笔在芭蕉叶上翻飞移动，写道：

一树寒梅白玉条，迥临村路傍溪桥。

不知近水花先发，疑是经冬雪未消。

观者屏息，心随笔动，当怀素落款“沙门怀素”那一刻，戴叔伦率先喊道：“好！”

怀素最后一笔根本不是在写，而是借着酒劲，将笔自空中戳将下去，毛笔戳到芭蕉叶，触到木板，“咔嚓”一声断裂了。“哇——”人们惊呼，怀素却全不理会，一声狂啸，抱起戴叔伦转了好几圈。

怀素狂喜，喜不自胜。戴叔伦给他带来了取之不尽，用之不竭的天然之“纸”——芭蕉叶。

放下戴叔伦，怀素满斟一杯酒，单膝跪下，举过头顶朗声道：“与兄长一晤，解俺多年愁结，从今往后，俺不愁无纸可书了。请受在下跪谢！”

戴叔伦急忙扶起，回礼道：“藏真，在下有个不情之请，不知允否？”

怀素道：“为兄解我无纸之心结，今有多大之要求，小弟定当满足。”

“上人，此芭蕉叶可为三绝：一为绝妙好诗，二为绝妙好字，三为绝好习书之材，俺欲为之收藏，不知可否？”戴叔伦道。

“这有何难？现在就可以拿去。不过，诗另有主，是正言兄之大作《早梅》。”

“正言”是张谓的字，他嗜酒简谈，乐意湖山，和怀素是酒友，也是书友，在潭州刺史任上，因被奸人构陷，正停职待查。由于心情欠佳，张谓正埋头吃闷酒，见戴叔伦夸奖自己，便站起来抱拳道：“多谢转运留后褒奖，拙作多有瑕疵，望多多指教。”

戴叔伦赶忙起身，离座施礼道：“不敢当，不敢当。刺史大人才高八斗，声震霄汉，如雷贯耳，今日受教了。”

张谓抱拳回道：“岂敢！岂敢！”

“耳闻刺史大人诗书俱佳，可一睹您之笔力否？”戴叔伦道。

张谓道：“今日脑子倍感愚钝，改天给藏真赠诗。”

戴叔伦道：“大人诗功了得，望见教于下官！”

“不敢，次山（元结）是吟诗高手，下次邀他来聚，咱们筹唱与共，乐饮畅怀。”张谓道。

戴叔伦道：“张大人，改日戴某把永州刺史王邕大人也请来，咱们来个吟诗会，到那时每人给藏真赠诗一首。”

怀素听说此言，举杯高喊：“君子一言！”

“驷马难追！”戴叔伦举杯相应，一饮而尽。

放下酒杯，戴叔伦道：“刺史大人，可否移步去船上一饮？”

张谓半开玩笑道：“只要是喝酒，甭说上船，就是下海正言也乐意奉陪。吾本喜酒，乐意湖山，近来又无案牍之累，整日与藏真把酒弄墨，有的是时间。”

论过年龄，戴叔伦长怀素五岁，两人义结金兰，成为异姓兄弟。戴叔伦让随从托了写着张谓《早梅》的芭蕉叶，邀张谓、怀素同朱遥一道返回官船饮酒作诗、舞墨唱和，直到天明才在潇湘码头依依惜别。

张谓、戴叔伦、朱遥各回宿处，怀素带着酒劲径直奔向零陵县衙，找父亲钱强缠着要种芭蕉。钱强知道怀素猛利之性，但凡他想好了的事十头牛都拉不回来，如果不答应，他往往会自行其是。他又想，儿子学习书法，成就显著，潭州刺史张谓、永州司户卢象、处士朱遥这些人都常常登门拜访，应该支持。他挠头思索了一会道：“那就把东门外那十亩地种芭蕉吧，离家里还近点。”

怀素高兴极了，父亲说的东门外十亩地，就在出零陵城东门北行半里，上小冈又半里的地方，站立山头，极目远眺，潇水浩渺，远山叠翠，实可怡神。这里距家里还不足一里地，展脚即到，非常方便。

## 8 蕉园挥汗聚众友，绿天庵里弄笔狂

时值三月，已是芭蕉栽植的最佳时节。钱强雇了两个栽植芭蕉有经验的短工，让怀素带上一起去干。

怀素急得吃不下饭，睡不着觉，恨不得今天栽上，明天就长出叶子来。他每天第一个到地头，也不等两个雇工来就先干起来。

栽植芭蕉先要把土刨松，再把土块打碎。两个雇工很勤快，怀素还怕他们把地刨不深，土块打不碎，将来影响芭蕉“走马鞭”。

三个人忙了半个月，终于在十亩地里栽上了芭蕉。

在等待芭蕉生长的日子里，怀素有空就去芭蕉园看看，防止牲畜踩踏破坏，回家的路上，他顺手在邻家老蕉园采一抱芭蕉叶子回去写字。

一天，怀素正在芭蕉园里侍弄，突然风起云涌，大雨瓢泼，他顺势躲到了一棵硕大的芭蕉树下。远看青山，潇雨凝烟；近听雨声，沙沙如乐。怀素想，如此仙境，何不搭建一庵棚？

话说永州刺史王邕去书堂寺访寻怀素不遇，回到府治零陵城刺史衙门，安排人去寻访怀素行迹，司户卢象道：“不用寻访，下官和他是老朋友了。其父亲就是零陵县衙主簿钱强，家就在东城门外，一会儿就到了。”

“好，现在就去拜访他，带十支好笔，十刀纸如何？”王邕问道。

“带不带这些都无所谓，不过，一定要带上酒。怀素狂书必以酒佐之。”卢象道。

“听闻怀素狂草且舞且蹈？”王邕道。

“怀素狂草醉书，如裴旻之舞剑，似顾况之抚琴，低昂回旋，耳目不及。”卢象绘声绘色地描述道。

王邕吩咐差人从家里拿了自己珍藏多年的两坛好酒，带上几样下酒菜，约上钱强奔东门而去。

王邕一行随钱强径直到了东门外家里，怀素不在，钱强让客人在家里等着，自己去芭蕉园里唤怀素回来，王邕拦住钱强，要一同前往，钱强便前面带路去芭蕉园。

还未到芭蕉园，老远就看见怀素正在搭建庵棚。

到了近前，经卢象介绍，怀素与王邕见过礼，卢象指着正搭建的场地问怀素：“藏真，此为何干？”

怀素把自己为方便“书蕉”欲在此搭建庵棚的想法告诉了他们。王邕绕着正搭建的庵棚转了一圈，摇了摇头道：“这般搭法，也只是个窝棚，过于简单。今日咱们回家饮酒去，明日本官安排匠人来，修建一个像样的书房如何？”

怀素乐不可支，当下随他们下山回到家里。钱强倍感光彩，里外跑个不停。王邕让随从把带来的酒菜摆在葡萄架下的石桌上，王邕把钱强拉到自己身边坐下，钱强不敢坐，王邕道：“从今以后本官与藏真便是朋友了，在家里，你为长辈，但坐无妨。”

钱强被王邕拉着坐在了身旁。永州府治就在零陵，钱强是零陵县衙主簿，平日里很难见到像王邕这样的大官，更不敢和刺史大人平起平坐？故而如芒在背，周身不自在。

众人坐定，开始叙饮，几圈下来，钱强喝得最多。刺史王邕也先敬钱强，众人和怀素称兄道弟，少不了先敬长辈，钱强有生以来从来没遇见过这等场面，一时兴起，来者不拒，三下五除二，已是烂醉如泥，不一会儿，就被抬到床上开开心心地睡着了。

众人乐饮，也都高了。王邕首先离席拿起笔在芭蕉叶子上试着写了写，道：“不错，感觉非常好。”卢象让人铺好王邕带来的纸，请怀素给王邕写幅字，怀素接过卢象递来的笔，问：“写何词句？”

王邕还没搭话，卢象抢先道：“写刺史大人之诗岂不更好？俺口述，上人书写。”

“写草书，口述岂不把人急死。你何不先抄之与俺？”怀素道。

卢象信笔写下了王邕的《湘灵鼓瑟》：

宝瑟和琴韵，灵妃应乐章。

依稀闻促柱，仿佛梦新妆。

波外声初发，风前曲正长。

凄清和万籁，断续绕三湘。

转觉云山迥，空怀杜若芳。

诚能传此意，雅奏在宫商。

怀素拿着卢象写的内容，绕着桌子边看边念。念完长叹道：“好诗！”然后跳将过去，提笔濡墨，吟唱起来，笔随声至，龙飞凤舞，倏忽之间，一气呵成。

王邕陶醉了，他耳闻张旭酒后以发濡墨狂书，并没亲眼见过，今天见怀素如此书写还是生平第一遭，便叹道：“如此狂草，真乃奇观！藏真，获此墨宝，俺该如何谢你？”

“不用谢。刺史大人诗写得真好，请大人赠俺一首诗即可。”怀素道。

“此乃举手之劳。”王邕欣然应诺。

“君子一言。”怀素扬起了右掌。

“定当践诺！”王邕说着，两人击掌一笑。

此后，怀素便成了王邕的座上宾。

六月初，芭蕉长了起来，王邕出资专为怀素而建的三间书房已落成了，房子后面还掘了一口井。自房子建好后，怀素就生活在这里，每天采集芭蕉叶练字，时常接待名士饮酒、品茶、酬唱、写字，好不热闹。

天遂人愿，芭蕉长势喜人，怀素芭蕉园里的朋友越来越多。

一天，戴叔伦押运盐粮去桂州，旅宿零陵，又上岸拜访怀素。他带酒菜来到芭蕉园。怀素分外高兴，托人捎话请王邕、卢象他们也过来一聚。

等待王邕和卢象的空当，怀素邀戴叔伦在芭蕉叶子上书写，切磋书法，写了一会儿歇下来品茶。戴叔伦一手捻须，一手端茶杯道："未承想几个月不见，藏真书法却又是另一番面目。"

"若非幼公（戴叔伦的字）指点，何来这蕉园，若非蕉园，俺去何处练字？"怀素感激地说道。

戴叔伦看着房子若有所思道："此地甚是不错，是个遮风避雨，栖息安身，舞文弄墨的雅静去处。只是，可有个雅号么？"

"这个俺还没想过。不过这蕉园因您而起，起名之事还是烦劳幼公来吧。"怀素回答。

戴叔伦踱着步子，沉吟了一会儿道："这里芭蕉蔽日，绿叶如帘，取名'绿天庵'何如？"

怀素摸了摸头，思忖片刻，忽然拊掌大笑："妙！妙！妙啊！"

说话间，王邕来了，同来的还有卢象、窦冀、鲁收、朱遥。原来，这日窦冀邀了鲁收、朱遥拜访王邕，正好一同前来。

几人落座饮酒。半酣，戴叔伦让人抱来一卷细心包装的纸，道："现今市面上流行之纸，规格太小，藏真兄狂草难以施展。前段时间，俺到了长安，设法购买了八十多张大尺幅之贡纸，全都给你拿了过来。"

怀素打开，见纸宽约三尺，长约六尺，高兴地道："俺从来没见过如此大尺幅之纸张，真不知道如何感谢幼公！"

戴叔伦面向众人道："要谢很简单，今日让藏真给咱们每人用这纸书狂草一幅，诸位意下如何？"

"好啊！"大家齐声应道。

怀素慢慢说道："幼公，每人一幅没有问题，不过您第一次来时有句话可曾记得？"

戴叔伦挠耳搔首想了半天道："还真想不起来了！"

"幼公兄真是贵人多忘事，你曾说过，请道州刺史元结来，每人赋诗一首与俺。"怀素道。

"原来如此，为兄怎敢忘怀，只是元结大人这段时间一直不在道州，他若回府一定兑现。"戴叔伦回道。

"各位仁兄，俺给诸位每人写一幅字，还请诸位给俺赠诗一首。"怀素说罢，迈开醉步去展纸，但案几太小，放不下，他干脆把纸铺到屋外的地上，赤足濡墨，宁神调锋，视纸静穆，忽然，一声狂吼，飞一般地刷将起来。五幅字全是李白的诗句，他边吟唱边写，笔下看不到字句，看到的是使转如环无限舞动的线条。观者如同欣赏当空舞动的彩练，恰似在观赏美妙的笔舞，如在听激昂的乐章。只见笔随句进，句随篇终，目不暇接。

说实话，戴叔伦第一次见过怀素后，说赠诗的事一直挂在心间，但苦思冥想，未得佳句，刚才观看怀素这番表演，一下子灵感迸发，文似泉涌。待怀素书尽笔收，即吟唱道：

楚僧怀素工草书，古法尽能新有余。

神清骨竦意真率，醉来为吾挥健笔。

始从破体变风姿，一一花开春景迟。

忽为壮丽就枯涩，龙蛇腾盘兽屹立。

驰毫骤墨剧奔驷，满坐失声看不及。

心手相师势转奇，诡形怪状翻合宜。

人人细问此中妙，怀素自言初不知。

刺史王邕之前也承诺赠诗给怀素，早有思考，所以腹稿也来得快，见戴叔伦吟罢，便道："本官牧此州，就与戴留后同作，献丑了。"王邕诗曰：

衡阳双峡插天峻，青壁巉巉万余仞。

此中灵秀众所知，草书独有怀素奇。

怀素身长五尺四，嚼汤诵咒吁可畏。

铜瓶锡杖倚闲庭，斑管秋毫多逸意。

或粉壁，或彩笺，蒲葵绢素何相鲜。

忽作风驰如电掣，更点飞花兼散雪。

寒猿饮水撼枯藤，壮士拔山伸劲铁。

君不见张芝昔日称独贤，君不见近日张旭为老颠。

二公绝艺人所惜，怀素传之得真迹。

峥嵘蹙出海上山，突兀状成湖畔石。

一纵又一横，一欹又一倾。

临江不羡飞帆势，下笔长为骤雨声。

吾牧此州喜相识，又见草书多惠力。

怀素怀素不可得，开卷临池转相忆。

朱遥不甘落后，也濡墨驰笔，写出了诗稿《同戴叔伦作》：

几年出家通宿命，一朝却忆临池圣。

转腕摧锋增崛崎，秋毫茧纸常相随。

衡阳客舍来相访，连饮百杯神转王。

忽闻风里度飞泉，纸落纷纷如跕鸢。

形容脱略真如助，心思周游在何处。

笔下惟看激电流，字成只畏盘龙去。

怪状崩腾若转蓬，飞丝历乱如回风。

长松老死倚云壁，蹙浪相翻惊海鸿。

于今年少尚如此，历睹远代无伦比。

妙绝当动鬼神泣，崔蔡幽魂更心死。

卢象接过王邕递过来的笔，犹豫了会儿道：“俺现在还不能成篇，但有两句感触颇深，先写下来。”

怀素道：“不论长短，一句也行。再说，日月长在，何必忙乎！改天灵感来了再补充完善不迟。”

“这就好。”卢象落笔写道：“初疑轻烟淡古松，又似山开万仞峰。”

见卢象要搁笔，怀素接在手里，转身对王邕道：“幼公给俺这里起了个雅号‘绿天庵’，这‘庵’是刺史大人造的，大人题名如何？”

王邕道：“幼公起名，幼公题写最合适。”王邕推辞道。

“还是王大人题吧，在零陵这地方，谁知道俺戴叔伦为何人，但谁能不知道您刺史大人。”戴叔伦道。

王邕见推脱不过，便道：“恭敬不如从命，本官班门弄斧了。”待调好笔墨，他用工整的真书题了“绿天庵”三个大字。

夜深了，书成诗就，各有所获，人人皆欢，又是一阵痛饮，全都酩酊而卧。

此刻，“绿天庵”和这群人一样，暂时也睡着了，但在后世书史上却一直喧嚣不止，成为历代习书之人朝圣的地方。据《零陵县志》记载：绿天庵清咸丰壬子年毁于兵，同治壬戌年郡守阳翰主持重建，下正殿一座，上为种蕉亭，左为醉僧楼，有怀素塑像。庵后一处刻有“ 砚泉”二字，是怀素磨墨取水的地方。右角有“笔冢”塔，怀素写秃了的笔都埋于此。庵正北七十余步有墨池，是怀素洗砚之处，这是后话，暂且不提。

## 9 宴前率性秃笔舞，李白醉后宝剑鸣

一日，怀素正在绿天庵书芭蕉叶，看看天色向晚，也觉肚子饿了，想起了潇湘夜雨酒肆掌柜的最近弄的那几坛陈酿非常爽口，便游荡着走过去。

路过永和笔庄，韦掌柜的老远就打招呼，怀素正想踅进去看看有无合适的毛笔，只听身后有人高喊："怀素上人，请留步。"

怀素停住脚步，见是跟从卢象的衙役，跑到跟前，上气不接下气，道："卢大人府上来了个贵客，请您去潇湘夜雨同饮。"

潇湘夜雨酒肆潇湘意厅，荡漾着欢声笑语，怀素见卢象、朱遥、戴叔伦早在这里，其中还有一位气宇轩昂。只见此人目光炯炯，身着一袭雪白长袍，腰扎黑带，头裹青布巾，仙风道骨的长者。未曾开口，怀素已有种莫名的崇敬。

"李大人，这位就是零陵僧怀素。"卢象转向怀素道，"这位就是你异常仰慕之诗仙李太白。"

怀素一听李白的名号，大喜过望，双手合十道："阿弥陀佛，久仰久仰，在下有礼，受贫僧一拜。"言罢，伏地便拜。

怀素万万没想到有生以来，最喜欢最崇拜的大诗人李白就在眼前，让他有些不知所措。前些时日，他听卢象讲，李白因加入永王李璘水师幕府而获罪，流放夜郎。当时他忧心如焚，又毫无办法，今日来得太突然，让他过分惊喜，不自觉地以头跄地，拜倒于李白脚下。

李白离座趋前扶住道："多礼了！多礼了！"

怀素站起来，激动得难以自抑，道："整天吟唱书写您的诗句，今日幸会，真是敬仰之至！”

酒肆掌柜的见官府的人和怀素来了，十分高兴，抱来一坛典藏的陈年老酒道：“列位，俺家祖上酿酒，这酒是俺爷爷在世时采用高粱、糯米、大米、小麦和粟米五粮为原料酿造而成，您看这色泽，您闻这香味！”

卢象道：“别急着自夸，李大人是酒仙，酒的好坏他一尝便知。”

酒坛打开的那一刹那，馥郁四溢，李白仿佛闻到御酒那股香味。掌柜的过来敬酒，李白接过酒碗，见那瓷碗当中，琼液透明，抿了一口，微眯双眼，嘴“叭咂”了几下，深感绵甜圆润、醇厚丰满、香味圆润、回味清爽悠长，便脱口而出：“好酒！好酒！前浓中清后酱，好久没喝过这般好酒了！”

“俺在此吃酒也有年头了，银子没少花，从没见你给俺喝过这等好酒。”朱遥抿了一口道。

“好酒敬仙者，理当如此。”掌柜的自豪地答道。

李白长怀素三十六岁，年龄虽有差距，嗜酒豪放的性格却意气相投。酒过三巡，情酣意浓，他们都没有了先前的礼数与拘谨。怀素斟满酒双手齐眉道：“李大人，闻您蒙羞，俺恨不能飞越关山去替您，如今此地相遇，幸甚至哉！”

李白与怀素对饮过后，捋了捋美髯道：“你相信永王谋反吗？天人秉旄钺，虎竹光藩翰，永王东巡是奉皇上之命，有调动军队所需之信物，奉皇命是谋逆吗？欲加之罪，何患无辞！”

李白钢牙紧咬，通红的鬓角，青筋暴起，如炬之目，瞪得像铜铃般大小。

卢象也是贬谪之人，生怕言多有失，急忙道：“李大人，今儿个只饮酒，不论朝事。”

“吾本放逐之人，方遇赦免，如今此等年纪，还怕被逐不成？”李白酒劲发作，犟脾气又上来了，接着道："吾以为正当安史叛乱之时，皇上镇压永王李璘水军，就是自相残杀！吾参与水军，乃是感永王知遇之恩，志在肃清中原胡虏，如今皆付诸流水，壮志难酬，壮志难酬啊！"李白将杯中酒仰脖一饮而尽，举着空杯果毅地说道："斟满。"

掌柜的忙道："李大人，上等陈酿只这一坛，已经完了，俺再开一坛，还是陈酿，和这坛差别不大。"

李白此时心绪并不在酒，而在更加广阔的人生天地之间。他并没应话，捋须把酒，眯缝着眼睛，看着刚才一饮而尽的美酒，无限惋惜，沉吟道：

君不见，黄河之水天上来，奔流到海不复回。

君不见，高堂明镜悲白发，朝如青丝暮成雪。

人生得意须尽欢，莫使金樽空对月。

天生我材必有用，千金散尽还复来。

烹羊宰牛且为乐，会须一饮三百杯。

岑夫子，丹丘生，将进酒，杯莫停。

与君歌一曲，请君为我倾耳听。

钟鼓馔玉不足贵，但愿长醉不复醒。

古来圣贤皆寂寞，惟有饮者留其名。

陈王昔时宴平乐，斗酒十千恣欢谑。

主人何为言少钱，径须沽取对君酌。

五花马，千金裘，呼儿将出换美酒，与尔同销万古愁。

李白开始声音低沉，吟至激情处，声情并茂，把听众全都带入了诗境。

掌柜有此经验，早已磨好了墨，备好了纸笔。见李白吟咏时，便把笔递给怀素。怀素也不推辞，即时搦笔如飞，紧随吟唱，李白话音刚落，怀素也在落款。书至"素"字最后一点时，将笔遥掷过去。

先是李白把众人带入了诗境，怀素狂草立时把众人目光吸引过去，最后怀素将笔掷出，“咣”的一声，众人如梦方醒，掌声如潮。酒肆掌柜的也不等别人发话，抢先道：“各位爷，今天这顿饭俺请客。字俺留下来，改日请匠人刻了，挂墙上撑撑门面。”不等允诺，便自收走了。

李白是第一次见怀素书法表演，其思绪被怀素的狂草拉回了现实。怀素狂书挟风走石，任意往来，惊世骇俗，其浪漫书风与李白思想深处的浪漫主义情怀产生了强烈的共鸣，李白显然被感染了。

李白和张旭是生死酒友，除见张旭狂草之外，再没有见过有这么飘逸狂放的草书。好友贺知章草书在当朝也非常驰名，但其草书多不连属，气势下此一等。今日目睹怀素之狂草，好似见到了离世已久的张旭，分外亲切。李白离座，唰的一声，宝剑出，乘兴起舞，剑过风鸣。怀素见李白舞剑，束起僧袍，展拳移步，马步立桩，提膝拧转，左倾右倒，打起了醉拳。众人赶忙挪桌子移板凳，腾开场地……朱遥持壶边饮边舞，戴叔伦把扇左摇右晃，宾客如醉如痴。

卢象见怀素拳终收势，两手各端一碗酒，过来与怀素碰过，一饮而尽，道：“藏真，何不乘兴再书一幅？”

怀素饮罢，随手将碗掼出，捋一把嘴，并不搭腔，濡墨搦笔，须臾之间，扬风搅雪，飞沙走石，狂草起来。

朱遥停止了舞蹈，戴叔伦收拢了扇子，李白将剑入鞘。

一切噪音都没有了，整个大厅静得出奇，听得到的只是怀素笔触与纸的摩擦声。卢象首先打破了沉寂，用强直的舌根念道：“李白乘舟将欲行，忽闻岸上踏歌声。桃花潭水深千尺，不及汪伦送我情。”稍事停顿，忽然击掌，狂喝道：“妙——！”

朱遥、戴叔伦等人同声道：“妙！妙！绝妙！”

后来几日，李白与怀素、张谓、卢象、朱遥等，共游山水，和诗酬唱，把笔弄墨，尤其是怀素与李白，相见恨晚。李白也长于书法，他和张旭与贺知章是多年酒友，对书法有独到的见解。他非常喜爱狂草，因为只有狂草才能抒发他那浪漫的诗怀。在离开永州的欢送宴上，应怀素之邀，他为怀素作了一首《怀素上人草书歌》：

少年上人号怀素，草书天下称独步。

墨池飞出北溟鱼，笔锋杀尽中山兔。

八月九月天气凉，酒徒词客满高堂。

笺麻素绢排数箱，宣州石砚墨色光。

吾师醉后倚绳床，须臾扫尽数千张。

飘风骤雨惊飒飒，落花飞雪何茫茫！

起来向壁不停手，一行数字大如斗。

恍恍如闻神鬼惊，时时只见龙蛇走。

左盘右蹙如惊电，状同楚汉相攻战。

湖南七郡凡几家，家家屏障书题遍。

王逸少、张伯英，古来几许浪得名。

张颠老死不足数，吾师此义不师古。

古来万事贵天生，何必要公孙大娘浑脱舞。

经张谓提议，他们一行离开永州，又去了道州，同道州刺史、诗人元结一起游历了浯溪，登临峿台，弈于痦亭。他们忘情于山水，超然于世外，舞文弄墨，对酒当歌，不觉已过旬日。

# 10 北游潭州方尽兴，醉辱杜甫了无缘

岭南山清水秀，风光旖旎，但却关山万重，天高皇帝远，可谓偏远之地。人们常常看见潭州刺史张谓、永州刺史王邕以及戴叔伦、朱遥等达官贵人、文人雅士到绿天庵来拜访，怀素成了岭南迅速升起的一颗明星。

话说张谓此时因遭朝廷审察，被免去潭州刺史已有时日，虽无案牍之劳形，却有挥之不去的烦恼。他借山水之清幽，排胸中之块垒，终日游山访友，等待澄清是非之日。

一天，闲着无事，他邀湖南观察处置使崔瓘府中的苏涣去潭州酒楼饮酒。苏涣道："杜工部这几日也在潭州，邀了同去何如？"

张谓认识杜甫，却不知道他此时就在潭州，便道："杜大人在此？邀了同饮甚好。"

杜甫是夏末到潭州的，以船为家。此时他年事已高，多病潦倒，有时在渔市上摆设地摊，以卖药来维持生活。苏涣敬仰杜甫已久，一天，在茶楼酒肆间听说杜甫在潭州，立即上船拜访，还把他近来写的诗朗诵给杜甫。杜甫最欣赏的是其《变律》之三：

养蚕为素丝，叶尽蚕不老。

倾筐对空林，此意向谁道。

一女不得织，万夫受其寒。

一夫不得意，四海行路难。

祸亦不在大，福亦不在先。

世路险孟门，吾徒当勉旃。

听毕，杜甫拊掌道："苏君诗质朴无华，不求藻饰，胜于黄初（三国魏文帝年号）诗作，真是好诗！好诗啊！"

苏涣从小练武，武艺高强，尤其善于用弩，百发百中，年轻时曾是一名强盗。蜀地被誉为天府之国，物产丰富，虽然蜀道艰险，但人为财死，鸟为食亡，还是有不少商贾往来于此，苏涣抢的就是他们。因他善放白弩，巴蜀商人称他为"白跖"。

随着年龄的增长，苏涣渐渐厌恶了强盗生活，于是弃恶从善，发奋读书，于764年中杨栖梧榜进士，大历初年来到了潭州刺史兼御史中丞湖南都团练观察处置使崔瓘府中。

苏涣的才气和豪情感化了杜甫，他俩便成了莫逆之交。苏涣要杜甫搬到自己家里去住，杜甫坚辞不去，没办法，苏涣只好到船上来会他。这段时间，有几个买药的出手阔绰，且经常来，杜甫估摸着是苏涣变着法子帮自己。

张谓和苏涣转过两条街，来到江边船上邀杜甫同去饮酒。

来到酒楼，苏涣刚进门见老朋友黄友三自斟自饮，便邀了同坐。酒过三巡，又扯到了诗词上。杜甫道："苏老弟，昨日予君作诗一首，还没改定。"

"但吟无妨！让吾辈先睹为快。"张谓怂恿道。

黄友三道："俺乃跑船的，不通诗文，先饮一杯为敬。"

"那更好，就此吟出，先请黄先生评判。"杜甫对黄友三说道。

黄友三身高七尺，满脸络腮胡子，一说话眼睛瞪得像铜铃。此时他身着浅棕色粗布卦，腰系深蓝色腰带，一看就是个粗人。他当年和苏涣一同当过强盗，现在也改邪归正了，此刻微呈醉态，闻听杜甫如是说，仰脖将满杯中酒一饮而尽，"叭"的一声将酒杯摔得粉碎，一把扯住杜甫领口道：

"小老儿，今日与俺哥哥饮酒，是给你面子，怎欺俺不通文墨？"

杜甫是个文人，一时语塞。张谓心生厌恶，忍不住怒火，正想发作，却见苏涣站起来，未曾答言，左手抓住黄友三手掌，拇指抵其掌心，四指猛压掌背，向后猛折。黄友三立感到千钧之力，手腕像断了一样。苏涣在松手的同时又是上步推肘，生生把黄友三推出五步开外摔倒在地。

"哥哥，他欺俺不通文墨！"黄友三仰在地上大喊。

"老三，不得无理！"苏涣怒不可遏。

"哥哥，士可杀不可辱！"黄友三委屈地吼道。

"你错怪了杜大人，杜大人作了诗，常吟诵予市井百姓，若能听懂即为好诗，听不懂便作修改。让你评判，是看得起你！"苏涣骂道。

"哥哥，俺是粗人，难道你不知道？哥哥这一说，俺明白了，俺错怪了杜大人。"黄友三跪行到杜甫面前诚恳地谢罪说，"杜大人，无知者无罪，望大人不记小人过。"

杜甫心里不快，还是将他扶起道："只怪老朽心急，没表达清楚，不能怪你。"

张谓是一代大儒，正人君子，他知道苏涣的前世今生，见其朋友黄友三如此野蛮，忖道：狗行千里改不了吃屎，强盗终归是强盗。

见有人打架，食客争着围过来看热闹。当听清缘由，又为杜甫大名所倾倒，嚷着要听诗。杜甫已无心情再吟诵了。人群中已有秀才过来，接过诗稿，朗声吟道："序曰：苏大侍御涣，静者也，旅于江侧，不交州府之客，人事都绝久矣。肩舆江浦，忽访老夫舟楫，已而茶酒内，余请诵近诗，肯吟数首，才力素壮，词句动人。接对明月日，忆其涌思雷出，书箧几杖之外，殷殷留金石声，赋八韵记异，亦见老夫倾倒于苏至矣。"

读完诗序，秀才又道："听好了，诗曰：

庞公不浪出，苏氏今有之。

再闻诵新作，突过黄初诗。

乾坤几反覆，扬马宜同时。

今晨清镜中，胜食斋房芝。

余发喜却变，白间生黑丝。

昨夜舟火灭，湘娥帘外悲。

百灵未敢散，风破寒江迟。”

读完诗，众人交口称赞。黄友三不知听懂了没有，也跟着喝彩。

黄友三为自己的鲁莽而尴尬，深感自己这个粗人，给大家带来了不快。此情此景，话不投机，便抱拳辞行：“诸位，俺零陵那边货紧，还要去桂州（今广西壮族自治区桂林市），就不多停了，来日再会。”

张谓听他要去零陵，便想起了怀素，即向店家索了笔墨纸砚，给怀素修书，让他来潭州一聚。

园里芭蕉遮天蔽日，怀素每天择大的芭蕉叶成捆地抱回绿天庵狂书。尽管有十亩，但照这样摘来，长的还是跟不上摘的快，眼看要断档了，怀素心思一动，干脆站在芭蕉树下对着叶子写，这样一下子解决了所有烦恼。

黄友三到了零陵码头，让船工装卸货物，他便上岸找到绿天庵，向怀素转交了张谓的信，并约好三日后从桂州返回时，邀他搭便船去潭州。

潭州对怀素来说并不陌生，之前他多次游历衡阳、岳州、洪州等地，到过潭州。这次来到潭州，他对这里的山水也不那么新奇，只是图个开心。

杜甫年事已高，登高行远不便。张谓、苏涣和怀素看昭潭水秀，赏岳麓山色，尽情游历潭州的大山名川。这次文人遇上了墨客，最为折服的是苏涣。

苏涣虽处宦海，但他少年行侠劫富的那股子匪气仍然潜意识里存在着。

怀素豪饮狂书那种不畏天地，毫无拘束的豪气与他骨子里的“匪气”正好耦合，与之共鸣，使他折服。

在衡岳之巅的闲聊中，苏涣对怀素书法再次表示叹服。怀素说，自己有个心结，总觉得“学无师授，如不由户出”。

苏涣道：“拜就要拜名师。徐浩是御史大夫，职务堪比宰相，人称‘亚相’。朝中大臣们称他的书法名冠古今，无与伦比。徐浩官位显赫，权势很大，吾与徐大人友善，可介绍上人去拜访，只要他肯扶持，保上人书艺名声双丰收。”

怀素欣喜若狂，对苏涣千恩万谢。

游玩归来，免不了又是一番饮宴。苏涣很讲义气，他有心帮助张谓，便邀请了调查张谓案子的监察御史李舟。为让李舟开心，苏涣在衡阳最好的酒楼订了饭，并邀了当红歌女助兴。

分宾主坐定，苏涣一一作了介绍，到李舟时，苏涣特别介绍道：“公受（李舟字）乃当朝御史，音韵名家，他著的《切韵》十卷颇有影响，深受皇上奖掖。公受也是当朝大书法家，过会儿可和怀素上人切磋。”

众人饮酒唱和，嬉笑调侃，张谓却没有那份心情。他被人诬告现已被免职一年多时间了，此时正等待查处结论，别看他平日游山玩水，实际心理负担一点都不轻松。今天见苏涣请来调查案子的李舟御史，觉得是个机会，趁敬酒的当儿，走到李舟面前道：“李大人明察，在下心地无私，公以处事，如今不求李大人偏袒，但求李大人秉公行事。”

苏涣见两人交流得差不多了，便走过去道：“公受，为兄在此久居，情况清楚，张大人清高自慎，乐酒快语，行事公直，难免得罪小人，大人可要明察啊！”

李舟举杯一饮而尽，亮了杯底道：“在下为人大人清楚，请张大人放心，清者自清，浊者自浊。在下从来不会冤屈一个好人。”他转而问苏涣，“耳闻零陵僧作书使转如环，劲健如飞？”

“上人与张大人友善，前日约来同游，待会儿请他狂书于大人。”苏涣道。

张谓见李舟如此说，便朝怀素喊道：“藏真，此时可狂书否？”

怀素踉踉跄跄过来，举碗道：“再饮三碗即可。”

李舟是一代大儒，见别人用杯饮酒而怀素和尚不但吃肉而且举着大碗喝酒，就从心里对他有看法，但嘴里道：“上人草书早有耳闻，只是未曾见过？”

张谓插话道：“李大人喜欢何词句，让藏真书之。”

苏涣指着杜甫道：“就选杜大人诗书之。”

杜甫正想接话，却见怀素醉眼迷离，左手端酒，右手执笔濡墨，口齿不清，含混嘀咕道：“能写个鸟！论诗，俺只知李太白。”

“哈哈，还真喝大了！”张谓递了个台阶，众人哄堂大笑。

杜甫和李白是好朋友，非常敬仰李白，但见怀素如是说，还是觉得脸有些发烧。他心里知道这和尚在说醉话，也不再言语。众人研好墨，铺好了纸。怀素道：“不行，挂，挂起来。”

张谓知道怀素喜欢把纸挂在墙上写，就指挥众人把纸挂了起来。

这是一张苏涣从京城带回的巨幅皇室用纸。

众目睽睽之下，怀素仰脖将酒吞下，将酒碗掷往桌子，东倒西歪地过去，斜倚在胡床上，从迷糊的眼缝里斜睨着挂在墙上的巨幅纸。

一屋子人都不说话，盯着看这个醉和尚。苏涣性急，想过去推他一把，却被张谓拽住袖子，附耳低语：“不用急，藏真作书，非得百杯，方能进入佳境。”

足足有一炷香的时间，有人还以为怀素睡着了。忽然，见他似醒非醒，似梦非梦，似醉非醉一跃而起，环眼大睁，一支秃笔搠入墨海，“啊——，嗨，嗨嗨！”绝叫三五声，照着挂在墙上悬着纸猛戮下去，即时在纸前腾挪闪展，嘴里念念有词，手中的秃笔上下翻飞，如疾风扫落叶般，一阵狂草。观者被怀素翻飞的笔触，跳跃的身姿搞得眼花缭乱，才认清“将进酒”三个字时，怀素已书纸过半。书毕，怀素将笔掷于盘中，端起一碗酒，做了个醉拳的动作，又开始饮酒。观者如梦方醒，惊叫喧天。

李舟对怀素原有的一点不好印象，被他生动的表演和使转如环飞动的狂草扫荡一空。李舟早年见过张旭豪饮后以发濡墨，颠狂草书的场面，此刻似在重显，又有不同，笔触似比张旭瘦了些，但明显感到其掺入篆籀，细瘦劲挺，如铁似钢，使转如环，曲曲难抻。他深受感染，不由自主道：“昔张旭之作也，时人谓之张颠；今怀素之为也，余实谓之狂僧。以狂继颠，谁曰不可？”

李舟寥寥数语，此后在书史上留下了“颠张狂素”之论断，千百年后，仍为书评之热词。

怀素见李舟如此夸赞自己，就递过一杯酒道：“李大人，谢谢您的奖掖，何不把您刚才所说写下来做个留念。在座诸位，今日也每人给贫僧留诗一首，可否？”

李舟被怀素的书法表演折服了。他也学习书法，见过无数人写字，但从没见过如此豪情万丈，一泻千里的书风。他二话不说，取过纸笔一气写完并将笔交给张谓。张谓没有思想准备，拿笔沉思了一会，写道：

稽山贺老粗知名，吴郡张颠曾不易。

奔蛇走虺势入坐，骤雨旋风声满堂。

写完，张谓搁笔道：“先写这几句，改天斟酌好了交你完整之诗篇。”

说着他将笔递给杜甫。杜甫主张“书贵瘦硬方通神”，怀素草书受释惠融欧体影响，取法篆籀，瘦硬劲健，铁划银钩，非常符合他的审美意识，但他是个中和敦厚之人，心头对怀素刚才的羞辱阴影还未散去，再者他不喜怀素如此张狂的性格。他没有接笔，道：“老夫年事已高，反应迟钝，回去思量思量再说吧。”

杜甫是怀素见过的诗人当中唯一没有赠诗的。

见杜甫推辞，张谓正想把笔递给旁边的苏涣，不料朱遥离得近，先伸手接了过去。

朱遥见苏涣也伸手，就要将笔递给苏涣，两人推让起来。

见朱遥真心推让，苏涣便接过笔道：“藏真兄，这几天一直在想，怎样向亚相推荐你，刚才见上人之狂草，就此写一诗荐信何如？”

怀素高兴地蹦了起来，拊掌大呼：“这般甚好！”

朱遥处士无意仕途，潜心学问，在零陵有很高的声望。无奈他是个慢热型的人，不起草稿很难写出来。绿天庵笔会时，他没有成篇，回去给怀素写了首诗，总觉不满意，刚看怀素书壁表演，灵感来了，脑子里蹦出了“笔下惟看激电流，字成只畏盘龙去”。他借苏涣书写的当儿，从怀里掏出写好的诗稿，去旁边再作修改。

苏涣早有腹稿，略作思量，便写道：

怀素上人草书歌兼送谒徐广州

张颠没在二十年，谓言草圣无人传。

零陵沙门继其后，新书大字大如斗。

兴来走笔如旋风，醉后耳热心更凶。

忽如裴旻舞双剑，七星错落缠蛟龙。

又如吴生画鬼神，魑魅魍魉惊本身。

钩锁相连势不绝，倔强毒蛇争屈铁。

西河舞剑气凌云，孤蓬自振唯有君。

今日华堂看洒落，四座喧呼叹佳作。

回首邀余赋一章，欲令美价齐钟张。

琅琅诵句三百字，何似醉僧颠复狂。

忽然告吾游南溟，言祈亚相求大名。

亚相书翰凌献之，见君绝意必深知。

南中纸价当日贵，只恐贪泉成墨池。

苏涣写毕，迎来阵阵喝彩。

朱遥接过笔，从袖中取出诗稿抄写。他崇拜怀素，神往草书，但自己拿得出手的还是隶书。

苏涣把怀素拽到一旁道：“上人可拿这首诗荐信去广州拜谒徐浩大人。”

“见亚相俺该注意啥？”怀素小心地收好诗荐信问道。

“他世代士族，出身高贵，上人要注意细节，执弟子礼，谦逊为要。此人书法，注重骨力，主张学习书法，宜先立筋骨，认为筋骨不立，肉之不附。上人应该……”

听到一阵喝彩，他俩转身回到书写现场。

原来，当朱遥写到“笔下惟看激电流，字成只畏盘龙去”时，众人齐声喝彩。朱遥诗曰：

几年出家通宿命，一朝却忆临池圣。

转腕摧锋增崛崎，秋毫茧纸常相随。

衡阳客舍来相访，连饮百杯神转王。

忽闻风里度飞泉，纸落纷纷如跕鸢。

形容脱略真如助，心思周游在何处。

笔下惟看激电流，字成只畏盘龙去。

怪状崩腾若转蓬，飞丝历乱如回风。

长松老死倚云壁，蹙浪相翻惊海鸿。

于今年少尚如此，历睹远代无伦比。

妙绝当动鬼神泣，崔蔡幽魂更心死。

朱遥写完了，大家这才觉着他诗好，那一手隶书也很好，免不了真心喝彩。

子夜时分，众人尽欢而散。怀素已是醉得一塌糊涂，吐了一地。朱遥让大家去休息，自己和怀素睡一屋，方便照顾。

怀素醉得太深，第二天正午时分才醒来。朱遥安顿他吃了点儿东西。

吃过饭，怀素仍觉困乏，便眼睛直勾勾地盯着门外光亮的太阳发呆。

正午太阳很毒，朱遥正在院子晾晒被怀素吐脏后洗过的袍子。

苏涣来了，怀素也没起身，让过座，三人开始喝茶。

“上人昨晚喝高了！”苏涣道。

“是喝高了！”怀素应道。

“可知否？上人使杜工部不悦！”苏涣道。

“不知道！杜工部为何不悦？”怀素惊得站了起来。

苏涣便把过程叙述了一遍。怀素道：“杜工部是俺非常崇敬之诗人，我喜欢他的诗，也常常写他的诗，曾把他的《秋兴八首》书了多遍，怎么会是这样？该如何是好！”

“不打紧，杜工部人品好，有空过去道个歉，说开了，他不会计较的。”苏涣道。

怀素忙道：“俺明日将赴广州，官船走得太早，如今天不去登门道歉，恐怕没有时间了。”

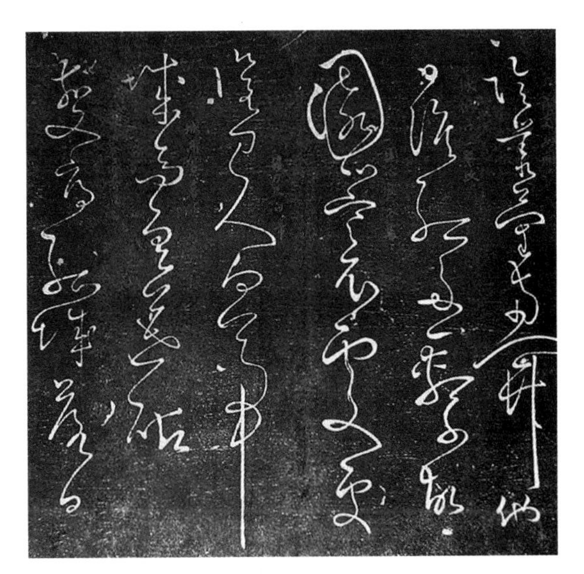

怀素书《秋兴八首》（局部）

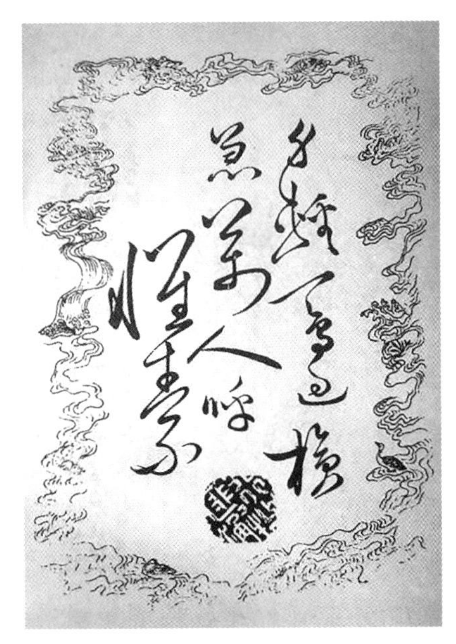

怀素《杜诗帖》

二人即刻动身，前去道歉，天不作美，杜甫不在，怀素失去了当面赔罪道歉的机会，此后终生再也未曾谋面。

## 11 苏涣诗荐访徐浩，咥肉醉酒碰铁壁

第二天一大早，怀素揣好苏涣的诗荐信，囊中装了支毛笔，背上斗笠，拄根锡杖，腰间挂好酒葫芦就要出发。苏涣见他行装简单，取来五十两银子道：“此去关山万里，路途遥远，免不了吃住花销，没有盘缠怎行？”

怀素坚辞不受，拍了拍肩上空空的行囊道：“出家人不为物累，带支笔足够了。”

推让再三，怀素坚辞不受，苏涣也只好作罢。

怀素这次广州之行和以往的游山玩水、交友笔会不一样，一开始就有很强的目的性。他先是进入湘江，搭乘南去衡阳的船只。到了衡阳，便开始了陆路跋涉，一路向广州进发，心中只有一个目标，那就是苏涣诗中说的“言祈亚相求大名”。

徐浩生于703年，少举明经，唐肃宗时，任中书舍人，后进国子祭酒，历任工部侍郎、吏部侍郎、集贤殿学士，封会稽郡公。徐浩也是笔法传递链条中的一员，擅长隶、行、草书，尤其精于楷书。怀素内心十分仰慕这位书坛巨擘、御用书家。怀素随着书艺的长进和对书界的了解，越来越看到，字人人都会写，但作为一个平头百姓要以书名世，只埋头在绿天庵笨写是不能成功成名的。他觉得“学无师授，如不由户出”。只有在名师门下，才能借光生辉。那日在衡山上，当他听苏涣说可以举荐自己拜访徐浩时，恨不得当即长上翅膀飞往广州。

历经千山万水，怀素终于到了广州。

广州是外贸重镇，也是封疆大吏治所，建筑风格迥异，相当气派。城外代表朝廷接待外宾的广阳馆，建筑考究，十分宏伟，其上兽头砖制作精致，近似长安大明宫麟德殿的兽头砖，但又有区别。古籍中不乏这方面的记载：“广州地际南海，每岁有昆仑（古指马来人）乘舶以珍物与中国交市”，“外蕃岁以珠、玳瑁、香、文犀浮海至”，“海外蕃贾，赢象犀贝珠而至者，帅与监舶使”，“巨商万舰，通犀南金，充物狎至”。

怀素初来乍到，人生地不熟，循着繁华处稀里糊涂到了这里，天色已晚，肚子饿得咕咕叫，他见近处有一气派的酒店便踅了进去。

怀素在大厅选了一张桌子坐下，要了几个菜，解下腰间酒葫芦自顾自地吃喝起来。

这酒很香也很烈，是早晨离开贺家洼时贺员外送的。他昨晚投宿在贺家洼，贺员外是个落第秀才，见怀素草书写得龙飞凤舞，非常投缘，酒足饭饱之后，还特意给怀素送了一葫芦上好的酒。菜还没上来，怀素半葫芦酒下了肚，空腹烈酒，肚子翻江倒海似的难受。小二端上一盘虾仁炒饭，怀素急不可耐地吞食下去，还没吃完就吐了出来。

怀素吐了一桌子，尽管有点晕，但意识尚清楚。店小二过来赶怀素走，并讨要菜钱。怀素道：“俺不光吃饭，俺还要住店。”

“要住店，得先付银子。”小二翻个白眼道。

“俺出家人，从不带银子。”怀素喷着酒气说。

“不带银子也敢住店？”店小二道。

“俺带着笔，可以写字给尔等。”怀素已经口齿含混不清了。

“俺们开店卖酒卖饭，不买字。没银子？这个菜算让你白吃了，现在就走人。”店小二不由分说过来推他。

这边说话声高了，再一推搡，吃饭的客人一下子围过来看热闹。

怀素并不知道，这个酒楼是广州城外靠广阳馆最近的一家酒楼，衙门常在此接待外国商贾。店主姓吴，是个秀才，生意做大了，无心于仕，但在官场很熟稔。刺史徐浩今天在广阳馆有外事活动，招待完外国商人往出走，正赶上这热闹事。

几个衙役要上前驱赶，掌柜的吴秀才急忙道："不劳大驾，在下去解决。"

吴秀才问咋回事，小二说："这里有个穷和尚，说吃了饭没银子，要写字抵账。"

徐浩本往出走，听到写字便驻足观看。

"都行都行，笔墨伺候。"掌柜的信奉和气生财，为息事宁人，随声附和。

小二嘟嘟囔囔道："醉成这样了还能写字？"

怀素迷离着醉眼，无视众人，仍拿酒葫芦往嘴里灌。

小二拿来了笔墨纸砚，怀素将砚台里的墨倒进旁边一个碗里，含混不清地喊："再研墨。"说完还往嘴里灌酒。

满了一碗墨，怀素甩掉僧袍，从行囊中抽出那支秃笔，端起墨碗向身后的粉壁走过去。

唐代有题壁的习俗，这边早有几个人题的诗，但都很知趣，主要位置仍空着。怀素长舒一口气，朗声颂道："金樽清酒斗十千，玉盘珍馐直万钱……"

怀素吟唱的是李白《将进酒》，他边唱边写，由于乡音很重，又醉了酒，口齿不清，许多人听不清他吟诵什么，但能看到他那支如蛟龙出海的秃笔，搅得满壁云烟。

写到最后，落款"沙门怀素"后，四围一片惊呼，外国商人没见过这等场面，既新鲜又好奇，挤进去想和怀素交朋友，却见怀素把笔一扔，像一只泄气的气球，整个人瘫卧在地，把酒葫芦抓过来，又按到了嘴上。

徐浩看怀素写完李白的《将进酒》，落了款，默不作声走了。第二天，吴秀才备车，让人把怀素送去了广州刺史衙门。

徐浩到任广州还不到一年，他先前一直在皇帝身边当差，生活比地方官员讲究。怀素赶到时他正在午休，怀素递上苏涣的诗荐信，管家将他接到客厅，上好茶道："上人千里迢迢来到广州，一路风尘，实在辛苦，你喜欢吃啥？"

怀素道："酒肉方便不？"

"当然方便。"管家道。

不一会，下人端上了一碟猪肘子、一碟牛肉、一碟虾米和一壶酒。怀素还没动筷子，一壶酒就先喝完了。管家又让人继续上酒。怀素自个吃自个喝，落了个酒足饭饱。连他自己也未料到，这米酒后劲太大，自斟自饮，不知不觉竟也醉了。

一觉醒来，已是日落西山，怀素觉得一身的轻松。当他回过神来想去找管家拜见徐浩时，管家进来了，递给他一张纸道："老爷看上人酣睡，也没打扰。如今赴约会友去了，何时回来也没个准，留话让上人回去吧！"

怀素展开纸，见上面用刚劲清秀的楷书写着一首诗：

沙门吃肉喝酒，

佛门弟子少有。

书法较量科场，

和尚勿须追求。

怀素看完管家递来的字条一下子傻了眼，直怪自己平日里放荡不羁，自由自在惯了，在这节骨眼上咋就忘了苏涣的叮嘱，做出这等蠢事。他还是不死心，对徐府管家道："管家，烦您替贫僧多多美言。藏真酒肉穿肠过，佛祖心中留，贫僧只是视书法如生命，望徐大人见谅，屈尊见俺一面。"

管家劝他回去，怀素还是坚持等了三天，再也不敢吃肉喝酒。

徐浩还是没见。第四天，管家对他道：“上人是等不住的，老爷此去还得些时日，留话让您回去。”

管家不好言表，徐浩讨厌怀素。

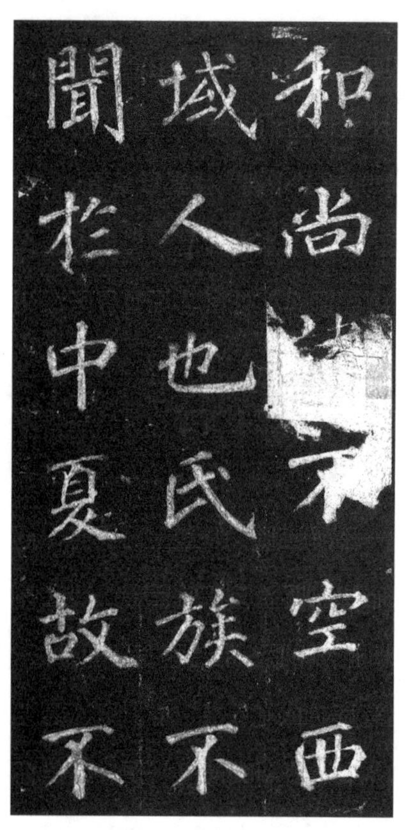

徐浩《不空和尚碑》（局部）

徐浩书学源于正统，他的家族，以书名世，累世都有书坛名家。徐浩书法自幼受教于父亲，少年时字法清劲，后又学习褚遂良、薛稷，晚年潜心精研王羲之、王献之。他正书造诣深厚，八分、真、行样样精妙。而怀素写的是狂草，是要破方为圆，拆解字形，打破结构，冲破传统禁锢和世俗藩篱的创新。这对致力于继承传统，精于正书的徐浩来说，是两种观念的撞击。他以修身、齐家、治国、平天下为己任，他出身豪门，是当红的御用书家，他比怀素大三十四岁，对这个不守戒律，酒后胡言乱语的“野和尚”骨子里就瞧不起。

徐浩根本没有出门，当管家通报怀素还要求见时，他心生厌恶道：“书法是成教化，助人伦的雅事，怀素作为一个佛教徒，吃肉喝酒，有伤风化。其书狂魔乱舞，怎能算得书法！”

怀素广州之行，无功而返。

# 12 偶逢张谓别故里，西游上国拜邬彤

大历二年岁末，怀素广州寻访徐浩未果，对他刺激很大，他内心也无比痛苦。此时他想起了最能理解自己，遇事谈得拢的伯祖父释惠融。便带自己新近写的几幅作品向书堂寺赶去。

到书堂寺，正值晚饭时分，伯祖父同他去厨房吃过饭。这里的一切和几年前他离开时一模一样，只是多了一些生面孔。怀素和几个熟悉的和尚打过招呼，就急不可耐地向伯祖父释惠融倒自己苦水。

怀素先把自己和伯祖父分手后交友和学书情况约略说了一遍，然后把自己带来的书作打开，请释惠融指点。怀素展纸时很自豪，见伯祖父看了半天不说话，心里有点疑惑。他抬头盯着伯祖父的脸，想寻找其中的答案。伯祖父还是平时的那张脸，很平静，没有搜寻到他要的任何信息。怀素的心情由自信转而疑惑，空气像凝固了，死一般地沉寂。怀素不好说话，也没有等出伯祖父的半句话。

这几年，怀素在各种场合受人热捧惯了，伯祖父不说话，胜过严厉地批评，他渐渐感到脸红，有点受不了。

惠融禅师坐正身子，目光提醒怀素继续话题时，怀素才把自己去广州见徐浩的经过详细讲了一遍，末了还把那封信掏出来给他看。伯祖父紧皱眉头，认真看着。他真佩服徐浩这清劲隽永的蝇头小楷。怀素自责道："都怪俺不检点，那天又是喝酒又是吃肉。"怀素拍了把大腿，一声长叹。

释惠融分析道："徐浩不想见你，表面是对你出家人，不专心事佛，不守清规、吃肉喝酒有看法。他是一代大儒，认为志士应该以立德立言立功为要，书法是文人雅士文章辞赋之余兴。你不觉得还有其他原因吗？”

怀素摸着脑门想了半天，一脸茫然，道：“不知道。”

伯祖父见他答不上来，便道：“笔法传承向来是崇高而神秘的事，往往是家族式的传承。其传承要么是父子、师徒，要么是亲戚，外人很难轻易得到真传。”

怀素投去疑惑的目光。

释惠融接着道：“笔法之祖，源于蔡邕。蔡邕传崔瑗和女儿蔡文姬，文姬传锺繇，锺繇传卫夫人，卫夫人传王羲之，王羲之传王献之、郗超、谢拙，王献之传外甥羊欣，羊欣传王僧虔，王僧虔传萧子云、阮研、孔琳之，萧子云传智永，智永传虞世南，世南传欧阳询，欧阳询传陆柬之，陆柬之传侄子陆彦远，陆彦远传外甥张旭，张旭传李白、徐浩、颜真卿与你之表兄邬彤。徐浩之人贫僧不了解，但作为朝廷书写四方诏令之御用大儒，他认为你不务正业，于书法是个门外汉，不予待见也在情理之中。”

“没错。”惠融禅师接着道，“张旭和李白、徐浩、颜真卿及你之表兄没有渊源关系，但徐浩和颜真卿都是一代大儒，很有禀赋，李白与邬彤不但有才情，而且和张旭是酒友，他们得到了笔法。”

释惠融喝了口茶道：“俺师兄讲过，颜真卿第一次在长安曾经跟随张旭两年，都没学到笔法。第二次他辞掉醴泉县尉，远赴东都洛阳再次去拜访，张旭经过严格考察，才把笔法传授给了他。”

怀素越听越沮丧，道：“伯公，如今张旭作古了，徐浩又不待见俺，俺和李白交好，但当时不知道他学得了笔法，轻易错过了，如今也不知他身在何处，这如何是好？”

惠融禅师安抚道：“不用气馁，你可以去长安找表兄，他是皇帝身边当红之人，是张旭真传弟子，找到他最好。万一表兄联系不上，可去找叔父。”

怀素知道有个表兄邬彤，也知道叔父钱起，但从未见过，便迫切问道：“叔父和表兄俺都没见过面，如何是好？”

“待老衲各修书一封即可。”惠融禅师边取纸笔边说道，“你这几年，频于交游，字里行间弥漫着躁气。书法亦如佛法，始于戒律，精于定慧，证于心源，妙于了悟，至于极也。古之书者多寿，心静故也。人能心静，何事不可为？观你之书，较先贤书魁，差距太大。你去拜见表兄，潜心学习。去了京城，也见见叔父，他在朝为官，学识渊博，一定会对你有所帮助。”说话间，两封信写好了。

怀素揣好信，告别了伯祖父。

怀素心里产生了从来没有过的低沉。世人皆夸奖自己，连那些州府达官、商贾名流都赞不绝口，却在徐浩那里碰了一鼻子灰，今天又遭伯祖父一番数落。他由先前的张狂自满一下子跌入消沉自卑的谷底，他重新审视自己，不断回味伯祖父说过的每一句话。

不过，怀素还是看到曙光，有邬彤这样一位掌握笔法的表兄，有朝一日，能得到表兄真传，那自己这个“野狐禅”便会成为笔法传承链条中的“白天鹅”。

怀素心里，就播下了西游上国，求学求名的种子。

光阴荏苒，转眼已是大历三年（768）的春天，怀素在衡阳与王邕、卢象共游山水。船行处远远望见一江边小镇，王邕觉着有点饿，问怀素是否吃饭，怀素道：“不觉得怎么饿，只是这几日行得慌忙，没怎么吃酒。”于是，王邕命船靠岸，意欲小酌。

这是一个靠江的小镇子，人烟稀少，临码头也只有破破烂烂的两三家饭馆。他们就近去了东边的“临江酒家”。

步入门槛，还没等酒家搭话，便听到一个熟悉的声音喊道："藏真，坐这边来。"

刚从外面进来，眼睛一时还不适应，怀素循声望去，尽管看不清什么，但那声音太熟悉了，分明是忘年之交原潭州刺史张谓。

怀素喜出望外，急忙过去，和张谓的双手紧紧握在一起。

王邕、卢象和张谓都是老熟人，他们见过礼，围桌坐下。张谓吩咐随从再添酒菜。

卢象道："张大人，何故在此？"

张谓本是话不多的人，也没多说，让随从从包袱取出一个包裹，仔细打开。卢象曾是京官，坐在近前，一眼便认出那是份敕书，忙接到手中转递王邕，怀素也凑过来，只见上面写着：

敕：中散大夫、前守潭州刺史、本州团练守捉使、上柱国、河内县开国子、赐紫金鱼袋张谓，往以鸿笔礼藻，列于近侍，典谟训诰，多所润色。较然素节，郁有盛名，言念华山之巡，不忘颍川之从。俾之领郡，亦谓理平，而孝悌宏博，礼容循谨。宜在公选，首兹正人，旌书课第之目，参相春坊之重。可守太子左庶子，散官勋封如故。

原来，朝廷对张谓的停职审察给出了结论，"待罪湘东"的日子宣告结束，安排张谓回朝任太子左庶子之职。

王邕端起酒杯道："天道公理，自在人心。大人此次回朝，可喜可贺。"

卢象高兴地道："黑终是黑，白终是白。天道人心，还张公以清白。来，共同举杯，祝贺张大人雪耻洗冤。"

张谓要回朝任职，大家都是好朋友，在座的心情并不一样。王邕、卢象均为贬谪之人，既有羡慕和高兴，又有辛酸和苦楚。这其中最高兴的人是怀素。

大家轮番敬酒，张谓是乐酒之人，来者不拒。

怀素每次饮酒，初场还算低调，到中场便成了主旋律。不过今天“中场”来得太快，他和张谓一个劲儿对饮。

忽然一声脆响，怀素甩碎酒杯，大哭起来。众人都很纳闷。

卢象道：“藏真兄，今天俺们高兴还来不及呢，为何甩杯而啼？”

怀素抹了把鼻涕，带着哭腔道：“正言兄博学，乃俺师长；为人敦厚，如俺父兄；好书乐饮，乃俺至交。如今回朝，关山万里，何日才能再相见？怎能不让俺伤心！”

张谓也有几分醉意，见他如此说，便道：“藏真，我等身处宦海，身不由己，一纸诏书，如定海神针。你常怨师出无门，京畿之地，英才荟萃，你不如打道回府，收拾一番，我等去衡阳城等你，随兄去长安何如？”

怀素如梦方醒，破涕为笑，道：“俺一游方和尚，有何好准备的？同去就是了。”

饭后，王邕、卢象把他们送上船，依依作别。

到了长安，张谓在紧临朱雀门的兴道坊驿馆住下，稍事安顿，便携怀素一起去拜访李舟。

张谓心里清楚，自己这次雪洗沉冤，重返京城，从内心要感激李舟秉公直言，换了别人，还不定结果怎样。所以他回京第一件事便是去拜访李舟。

张谓对长安比较熟悉，街道正南正北，将全城分成非常规则的一百零八块，称作“里”和“坊”。南北向十三排寓意“一年有闰”；皇城正南方从西向东有四列，寓意四季，南北向的九排坊象征“王城九逵”。风水好、采光好、靠近皇宫的都属于王公大臣的宅区。

张谓知道李舟住太平坊，在客栈兴道坊的西边，中间隔着善和坊，穿过两条小街就到了。真也不巧，李舟去了洛阳。

出了李府，天色向晚，便回客栈。

第二天一大早，张谓去吏部报到。怀素觉着无聊，想去找邬彤和钱起，却不知如何去找，便出了客栈，到长安街上转悠。

# 13 独酌无银困酒肆，醉展拳脚逢韦允

不见长安之大，不知永州之小。东西向的长安街宽就有六十多丈，朱雀大街也有四十多丈宽，两边建筑雕梁画栋，金碧辉煌。怀素去过的广州、衡阳，根本没法与之相比。这里不但街道宽阔，商铺林立，而且在来来往往的人群中，不时还可见各色皮肤的异国商贾。

怀素生长于岭南，没感受过初春时节长安凛冽的西北风。长安街道两边仍堆积着经冬的残雪，店铺的门都闭着，只有靠墙的烟囱告诉人们，这些挂着各色棉门帘的各种铺子还开张着。怀素出了门向东经过务本坊、平康坊来到东市。东市近邻兴庆宫，建筑宏伟别致，飞檐上的风铃被西北风吹得丁零零响。虽经安史之乱，但大唐东市在这初春寒冷的季节里，看不出一点萧条景象。其实，开始衰落的大唐帝国，此刻如一匹风沙中前行的骆驼，艰难地爬行着，只是在从岭南蛮荒之地而来的怀素眼里，它依然无比健硕与华丽。街上穿梭的人群中，个个都穿着裘衣或棉袄，怀素穿的衣服显得太单薄了。好在他出门时顺手把张谓的一件羊皮褂子穿上，否则，他根本不敢到街上来。怀素将衣襟裹紧，缩着脖子在街上逛游，一幢三层飞檐画栋的酒楼映入眼帘，最显眼的是“西京酒楼”的牌匾，字迹浑厚工稳，大气磅礴。怀素也没多想，便一头钻了进去。

与外面呼号的寒风相比，屋内暖气融融。大厅足有十多间房子那么大，一丈多高，左手有半尺多高的戏台，台子上歌伎正在弹唱。大厅有四个红漆大柱子，放置着四个大火炉，几十张桌子坐满了客人，猜拳行令，听歌弹唱，好不热闹。怀素入门本想看会儿热闹，见有小二招呼：“上人请移

步，今个天冷人多，一楼二楼都满了，委屈您上三楼小酌。”

怀素见没座位，也就随店小二往楼上走。

西京酒楼，全是隼卯结构，内外都显得典雅别致，富丽堂皇，木质楼梯走起来咚咚作响。二楼的厅堂也很宽阔，只是比一楼矮了点。怀素望了一眼，也是桌桌爆满，三五童子携壶穿梭其间。上了三楼，还有几张空桌，怀素选了一张临近火炉的坐下，店小二斟上茶道：“上人，请点菜。”

怀素道：“来一盘驴肉，一只葫芦鸡，两壶酒。”

“上人，此酒劲大量足，平日两个人才喝一壶。”店小二道。

怀素生气地道：“勿多言语，尽管照吩咐去做！”

店小二也不好再说什么，如数端了上来。

不知过了多久，肉吃完了，酒喝干了，怀素晕晕乎乎地趴在了桌子上睡着了。

又来客人了，店小二见怀素吃毕了还不走，就过来推了推道：“上人，醒醒，醒醒。”

怀素睁开醉眼，抬头望着小二，摇摇晃晃站起来扶着桌边，往出就走。

“上人，还没付银两！”店小二走喊道。

“银两？俺从来不带银两！”怀素醉言醉语。

店小二道：“你一穷和尚，不带银子也敢来这地方吃饭？”

“你去，去零陵打听打听，俺怀素到哪家吃饭还付过银子？”怀素说着站不稳又跌坐在凳子上。

店小二见和这个醉得一塌糊涂的穷和尚一时说不清，就急着赶他走：“没银子也行，把这个羊皮褂子留下，明天来赎。”说着就脱怀素身上的羊皮褂子。

“慢，且慢，这是正言兄的，怎能予你。”怀素练过功夫，轻轻一推，店小二竟然仰跌倒地。

“和尚反啦！打劫不成？”店小二大喊起来，立时不知从哪个角落出来两个壮汉，围了过来。

其中一个满脸络腮胡者，当胸抓住怀素衣领，欲隔桌将他提出去，不料怀素身子一沉，未曾提动。络腮胡者用力一拖，桌子摔倒了，杯盘碎了一地。怀素就势身步齐进，臂膊浑坚，踉踉跄跄一招右肩顶靠，络腮胡者被顶出两步开外。

怀素又喝起酒来。

另一壮汉大为惊骇，如此瘦小之人，功夫了得，刚才过招，端着酒碗，酒水点滴未洒。他知道遇上了硬茬，不敢贸然出招，只是拉开了架势。

邻桌坐着主仆二人，主人五官端正，眉清目秀，面净齿白，举止文雅，一看就是个不凡之人。当他听到“怀素”二字，便抬起头来，停箸注视。

饭店掌柜的闻讯赶了过来，见怀素仍东倒西歪蹒跚着饮酒，便喝住两位壮汉。

这边主人对仆人道：“对掌柜讲，那僧人打碎杯盘折成银两和饭钱，本官来付，请那僧人过来同饮。”

仆人过去，表明意思，掌柜的见是吏部员外郎韦允，便过来施礼道：“既然是韦大人，好说，一切免了。”说完，赠送两个菜品，寒暄之后，又招呼其他客人去了。

仆人把怀素带到这边，韦允站起来，抱拳道：“上人可是零陵僧怀素？”

怀素见此人身长八尺，粉面皓齿，脸部轮廓棱角分明，浑身上下透露着西北汉子的豪气。心想，这长安城里还有人认识俺？迟疑片刻，惊讶道：“先生知俺？”

“与你未曾谋面，但先父曾在永州刺史王邕处见过你之手札。”

“莫非您是吏部尚书韦陟大人之……？”怀素惊问。

“次子。”韦允答道。

怀素听闻，纳头便拜。

韦陟是一个令怀素崇拜得五体投地，感激涕零的人。韦陟见到怀素写给王邕的手札时说“此沙门，当震宇宙大名”。这句话一直激励着怀素，怀素也以此当作自己的奋斗目标。也因为有了这句话，怀素在岭南名声大振，声名远播。

韦陟身份特殊，他是尚书左仆射韦安石之子，韦安石又是北周大司空韦孝宽曾孙。韦陟很早就以他在文学上的造诣闻名于当世。他不但擅长文章，还专心研习书法。他常常自夸签署的“陟”字，宛若五朵云彩，被人称为“郇公五云体”，时人多予以效仿。韦陟博学多才，清高孤傲，相继遭权臣李林甫、杨国忠打击。唐肃宗代父而立，安史之乱方炽未平，适值宰相房琯率军抗击安史叛军，兵败陈涛斜（在今陕西省咸阳市东）而被下狱。拾遗杜甫上表，为房琯开脱，又因言辞过激而激怒了肃宗，被有司鞫讯。肃宗钦点宪部尚书颜真卿与拟重用的韦陟共同审问杜甫。在给杜甫定罪时，韦陟认为杜甫身居言官，尽管言辞过激，但不失本分，为杜甫开脱。肃宗对他产生了成见，就此打消了重用他的念头，且疏远了他，更因犯颜直谏而受挫折，郁闷寡欢，已于 761 年离开了人世。韦允是他的次子，骨子里带有韦陟更多基因，不仅长得像他父亲，风流倜傥，一表人才，而且像父亲一样，学富五年，长于书法，曾书写《临汝太守韦斌碑》名动长安。他和怀素未曾见面，却从父亲那里了解后，神交已久。今天，韦允因琐事郁闷，来酒楼消遣，不意却碰到父亲生前大加赞赏的零陵僧怀素。

当怀素知道面前这位是前吏部尚书韦陟之子，现为吏部员外郎的韦允时，感激和欣喜一齐涌上心头，不由自主，纳头便拜。韦允扶起怀素，问他怎么一个人在这里，怀素尽管醉了，经这么一折腾，倒清醒了几分，便把自己随张谓来到长安，想拜访表兄邬彤学习书法，今天张谓去报到，自己又不认识邬彤，便来街上溜达的事说了一遍。

“此事好说，在下吏部当差，熟识他们。上人先随本官回府，晚上便把他们唤来同饮如何？”

“那再好不过了，谢谢韦大人。”怀素双手合十道。

如何随韦允回到府上，又如何躺下，怀素全然不知。

睡得正香，怀素被人推醒，道：“上人，我家老爷请你去用膳。”

怀素坐起来，揉了揉眼睛，弄不清是在哪里，看看天色，黑咕隆咚的，还以为是早晨。他使劲晃晃脑袋，才回忆起白天的事，方才知道自己已从中午睡到晚上了。

跟着仆人穿行在廊院之间，尽管天色向晚，怀素还是能感觉到主人的讲究与奢华。这一条爬满藤蔓的廊道，每隔三五步便悬挂着“气死风”灯笼，廊檐照得通亮。其间有一亭子，要在盛夏坐在石桌旁品茗小酌，那将是何等惬意。廊道尽头是竹林环绕着的院落，十多间高大的木质房屋坐落其间，竹叶婆娑，竹林影映，幽雅闲舒，这便是韦允家的宴会厅。

步入宴会厅，怀素被其金碧辉煌深深震撼。入门未曾细细欣赏，便被韦允朗声招呼了过去。

宴会厅一角，茶几边围着几个人，韦允坐主位，指着右手一位体形壮硕，前庭饱满，目光如炬，五官棱角分明的汉子道：“这位也是书法高手，刑部尚书颜真卿。”

颜真卿被贬外放，任吉州司马，这次是回朝述职。韦允敬重颜真卿，不愿触及他的伤疤。介绍时并没提吉州司马一事。

韦允指着自己左边一位身材较为瘦小的汉子道：“这位在下不介绍，

上人猜他是谁？”

此人个子不高，比颜真卿矮了一头，脸庞不似颜真卿那么棱角分明，眼神机灵，一看就有南方人的特点。他望着怀素一个劲地笑，怀素试探问道：“莫非是表兄？”

邬彤早已站了起来，抱拳道：“早有耳闻，只是未曾谋面。”

怀素双手合十道：“伯公天天夸赞您，藏真仰慕已久。”

“可不，也有二十多年没回去了。”邬彤也很动情。

“各位入席就座，边叙边饮。”随着韦允的招呼，大家分宾主落座，开始畅叙。

众人落座，韦允道：“先父曾在永州见过藏真书予王邕一手札，非常赞赏。当时对王邕说过，此沙门札翰，当振宇宙大名。不料，晌午酒楼偶遇，乃天赐之缘矣！”他转向怀素说道，“邬兵曹善草书，得张旭真传，妙得其法，时人比之张旭，上人这次来，算是找对人了。”韦允又转向颜真卿，对怀素继续道，“哦，俺这位乡党，也是张旭长史之学生，书品人品，冠绝古今。”

颜真卿起身抱拳道：“惭愧，在下与邬兵曹同为长史弟子，曾两次辞官，向长史讨教笔法，怎奈愚钝，不得旨要。邬兵曹深得精髓，连皇上都很器重，上人向邬兵曹讨教，定会捷足先登。”

颜真卿此言不差，邬彤嗜酒如命，醉心书法，为人胸怀坦荡，不图名利，不拘小节，视功名如草芥，戏万乘若僚友，有一些真朋友，汾阳王郭子仪就是一个。

郭子仪战功显赫，贵为汾阳王，不光是忠贯日月，单骑退敌的英雄虎将，而且是书法迷，特别喜欢狂草，所以非常敬重邬彤。

话说一天，邬彤兴起，濡墨搦管写了“风落平沙”四个字，郭子仪见其不俗，带进宫中，谈完政事，展于肃宗。肃宗非常喜欢，道：“郭爱卿，邬彤何人？”

郭子仪《后出师表》（局部）

郭子仪对肃宗道：“此人是臣一朋友，师法张旭，现为金吾兵曹。”

“此书雄迈苍古，有此人才，实乃吾朝之幸！如此鸿才，埋没了！让他做翰林侍书如何？”肃宗道。

郭子仪深知邬彤是个嗜酒如命，率性而为，不拘细节之人，如做翰林侍书，说不定哪天醉酒惹祸。他知道邬彤和颜真卿都是张旭的学生，不如让他去颜真卿麾下当差，便道：“臣了解邬彤，让他做个兵部参议较合适。”

肃宗边说话边端详着“风落平沙”四个字，道：“准奏。”然后吩咐人将其悬挂在内书房。

临别，肃宗叮嘱汾阳王道：“择日爱卿携邬彤入宫，可听其论书。”

郭子仪带邬彤来到宫中，肃宗很高兴。

“爱卿真书见识了，闻知你深得张旭草书三昧，不知你更长于何种书体？”肃宗道。

邬彤施礼道：“承蒙圣爱！臣早年得长史醉笔，醉书最好！”

郭子仪正想阻拦，不料肃宗道：“张旭狂草以酒养性，今天你也来个先饮后书。”

见肃宗兴致颇高，郭子仪也就不再多说。一会儿，酒菜上来了，君臣边饮边聊，肃宗问：“草书如何才能狂起来？”

邬彤正要把筷子伸向眼前的海参，见皇上问话，立即停箸肃立，吭哧半天说不出话来。

“爱卿为何不语？”肃宗有点着急。

“臣不便说。”邬彤回答。

“今日内庭，勿拘小节。爱卿坐下，但说无妨。”肃宗和颜悦色，并无半点不悦。

邬彤坐下道：“圣上，恕臣直言，草书要真‘狂’起来，就要以酒作引子，情绪酝酿到眼中无物，手中无笔，心中无墨，物我相忘方可。”

肃宗若有所思，点了点头。

郭子仪怕邬彤酒醉失节，目示其节饮。开始时邬彤还看郭子仪眼色行事，几杯下肚，也不管郭子仪使眼色，觉得酒杯太小，很不解谗，便把汤碗腾空，接过酒坛，将碗倒满，一仰脖子灌了下去。

郭子仪忐忑不安，满怀歉意地望了肃宗一眼。肃宗也喝了不少酒，满面春风，对郭子仪道：“有其师必有其徒，像张旭，真乃性情中人也！”

见皇帝如此说，郭子仪悬着的心也就放下了。

突然，邬彤起身抱起了酒坛，郭子仪放下的心又紧张起来，立即上前劝阻。

肃宗却道：“郭爱卿，让他畅饮，不必阻拦。”

邬彤放下酒坛，蹒跚到预先备好的书案旁，笔舞墨歌，满纸烟云。肃宗随着笔触跳动读道：“众鸟高飞尽，孤云独去闲。相看两不厌，只有敬亭山。”然后拊掌道：“妙！妙！”

邬彤把笔一扔，自顾自又喝干一碗酒，腿一软，溜到了桌子下面。

肃宗很高兴，赏两坛御酒，连同邬彤送了回去。

邬彤被安排到颜真卿麾下，但他数月饮酒访友不曾报到，直到颜真卿写信催促才去上任。

颜真卿和邬彤都是张旭的学生，性格反差太大，颜真卿敦厚，深得张旭“真笔”楷法，邬彤生性放逸，深得张旭的“醉笔”，时人谓之“小张”。

怀素之前不认识颜真卿，但对其忠勇逸事早有耳闻。席间，见颜真卿果然寡言少语，憨厚笃实，深为敬佩。言谈之中，怀素方才知道到他受宰相元载排挤，已外放做官，在那个年代，颜真卿书法影响并不大，没有徐浩和邬彤知名，只是后来，在“宋四家”推崇下，人品书品影响与日俱增，此为后话。

这一天之内，怀素喜从天降，好运连连，他轻而易举地联系上了表兄邬彤，攀上了韦允、颜真卿这样独步官场的清流之士，有道是有心栽花花不活，无意栽柳柳成荫。

宴毕，怀素特意到韦允祖堂，在韦陟神位前行了叩拜大礼，以谢韦陟知遇之恩。

韦允还想留怀素多住几日，邬彤却再三坚持，携怀素告别韦允、颜真卿、张谓，打道回府了。

## 14 邬彤中夕传笔法，深夜悟道得真传

邬彤此时书名正盛，远胜于同门颜真卿，仅次于亚相徐浩。

怀素到了邬彤家里，邬彤也不急着教他书法，衙门值守之外，常带着他出去饮酒，根本不提教授笔法之事。

邬彤府上来了一帮朋友，大伙品茗饮酒，舞文弄墨。酒过三巡，菜品五味，众人都有点喝高了，有人提请邬彤讲授书法妙诀，邬彤也不答话，满饮一碗酒后道："书法之妙难以言传，贵在心追手摹。在下给每人写一幅字，诸位仔细看就是了。"说完，绾袖濡墨，龙飞凤舞写将起来，对周围的赞许之声充耳不闻，倏忽之间，写完十几幅字，掷笔自顾自地饮酒去了。

怀素知道邬彤艺不轻传，道不贱卖，他见邬彤家里不缺笔墨纸张，便静心修习，邬彤有几次碰见了，默默看一会儿就走了，怀素也不急着逼问。

一日，宴罢人散，怀素忽生书兴，便执笔醉书。邬彤悄悄进来，站在身后，见怀素写的是张旭的《古诗四帖》，写"谢灵运书"时，草书"谢"字最后那一点写得很别扭，便道："作此一点，应在几字写完之后，再回过头来书此一点。作草不宜局限于单字笔顺结构，坚持笔画简省，书写顺畅，气脉贯通。右军（王羲之）说'每作一字，须有点处，且作余字总竟，然后安点，其点须空中遥掷笔作之'。若拘于小节，畏惧生疑，迷于笔先，惑于腕下，不成书矣。你这几行字，当连反断，不知向背，不知起止，不悟知转换，用笔率意，足见你作草还有很长的路要走，目前还是个门外汉。"

怀素十分诧异，在岭南那么多人追捧自己，就连韦陟、张谓、王邕、卢象、李舟等这等名士，都赞赏自己书法。李白得笔法真传，也作诗赞扬，怎么在伯祖父和表兄邬彤眼里，就成了门外汉了？

怀素冷静了下来！

“表兄，那该如何是好？”怀素焦虑地问道。

“冰冻三尺非一日之寒，非得下一番苦功不可。”邬彤道，“先要掌握笔法，笔法分执笔法与用笔法，重在用笔法。用笔贵用锋，用锋当‘裹锋如锥’，中锋行笔。‘裹锋如锥’之目的是为了力透纸背。若裹束不成，散即成刷，是做不到‘锥划沙’的。”

“选笔讲究尖、圆、齐、健，‘尖’就是毛笔的裹束状态；‘齐’应当是铺毫状态。所谓‘令笔心常在点画中行’，应就是笔尖在点画中间行走吧？”

“然也。学书当注重笔力。何为笔力，笔力由何而生？”邬彤自问自答道：“力从‘锋’出。卫夫人言‘善笔力者多骨，不善笔力者多肉，多骨微肉者谓之筋书，多肉微骨者谓之墨猪。多力丰筋者圣，无力无筋者病’。笔力是一种巧劲，不是下死力气，是对行和留、提和按、疾和涩、虚和实、藏和露等笔法技巧运用能力之考验，表现为或阳刚、或阴柔、或沉着、或飘逸之风格。”

怀素道：“此之谓用笔之力，不在于力，而在于法。”

邬彤肯定地点了点头。

回到住处，怀素怎么也睡不着，他想，拜师不在于“名”，而在于“明”，与“明师”一席话，胜练十年书，表兄不愧是张旭的弟子，讲得太好了。

北方的春天来得迟，三月里了，阳坡才泛起了绿色，桃蕾含苞待绽。

这日，风和日丽，邬彤带怀素出了顺义门一直西行，在大唐西市逛了一圈，不知不觉游到了怀远坊东南隅的云经寺。

云经寺原本叫光明寺，隋文帝在开皇四年为沙门所建。云经寺风水很好，面向西南，三面环坡，一面临水，地势呈“簸箕”状，玄奘从印度取经回来曾在此对经书进行分类，故亦称“分经寺”。

云经寺山门宏伟，装饰精美，一副对联遒美炫目：

有福方登三宝地

无缘难入大乘门

步入山门，映入眼帘的是巍峨的大殿，飞檐翘角，雕梁画栋，各殿之间青石铺路，廊坊相连，善男信女，穿梭其间，诵经之声，悠远绵长。寺内到处弥漫着浓浓的香火味，触景生情，怀素又想起了追随伯祖父去书堂寺学习书法的情景。

来到禅堂，邬彤驻足道：“你看这副对联。”

怀素定睛一看，是幅草书对联：

万法皆空见佛性

一尘不染照禅心

不等怀素说话，邬彤道：“此书刚劲，入木三分，很见功力，你缺的就是这个。”

怀素诚恳地道：“依表兄之见，俺该作何努力？”

“你率性颠逸，酒后狂书和俺颇似，适合攻狂草。但作书花里胡哨，尚欠功力。”

怀素听罢，羞愧难当，不由得脸庞发烧。

邬彤继续道：“作为书家，要在书史上站住脚，你差得很远。”

怀素诧异地望着表兄。

邬彤停住脚步，道：“你有许多课要补，比如何为藏锋？为何藏锋？怎样藏锋？”

“藏锋即为灭迹隐端，目的为所书之字浑厚圆润。”怀素回答。

邬彤拾起脚下一块土疙瘩，交给怀素道：“把它扔出去，越远越好。”

怀素接过土疙瘩，奋力扔了出去。邬彤道：“体会到藏锋没有？”

怀素一脸茫然。邬彤见其迷茫，便道：“藏锋是要‘灭迹隐端’，但为何要“灭迹隐端”？目的是蓄势聚力，刚才你扔土疙瘩，扔之前先要有向后引力动作。藏锋之理，就是扔东西前的这反向之‘引’。搭弓射箭，引之愈紧，力之愈大，射之愈远。藏锋之笔意即在于此，乃含蓄中之自然风流，不是为了灭迹隐端而灭迹隐端，不仅要表现雄浑有力，更要表现内敛韵集，让气力包藏在点画之内。技法为逆锋起笔，回锋收笔。切忌做作，要笔法运用于经常，藏法于无形。俺回去给你蔡伯喈《九势八字诀》，你认真体悟。”

怀素道：“伯公给过《九势八字诀》手抄本，俺无数次阅读，百读不厌。”他诵道：

> 夫书肇于自然，自然既立，阴阳生焉；阴阳既生，形势出矣。藏头护尾，力在字中，下笔用力，肌肤之丽。故曰：势来不可止，势去不可遏，惟笔软则奇怪生焉。
>
> 凡落笔结字，上皆覆下，下以承上，使其形势递相映带，无使势背。
>
> 转笔，宜左右回顾，无使节目孤露。
>
> 藏锋，点画出入之迹，欲左先右，至回左亦尔。
>
> 藏头，圆笔属纸，令笔心常在点画中行。
>
> 护尾，画点势尽，力收之。
>
> 疾势，出于啄磔之中，又在竖笔紧趯之内。
>
> 掠笔，在于趱锋峻趯用之。
>
> 涩势，在于紧駃战行之法。

横鳞，竖勒之规。

此名九势，得之虽无师授，亦能妙合古人，须翰墨功多，即造妙境耳。

邬彤见怀素倒背如流，非常满意。他点了点头道："笔势有别于笔法。笔势指不同点划须用不同的方法；笔法则是必须共同遵守之基本方法，任何一种点划都不能违背它。《九势》多是笔势之论，仅记下来远远不够，它里边有许多物象的东西，初学之人很难食古而化，你还要细加体味。"

"方家告诉俺，学习草书，要师法自然，使之姿态万千，变化多端。那俺该从何补起？"怀素诚恳道。

邬彤道："你当务之急，力戒躁气。你今作书，周身鼓劲，乃是'蛮力'，所作之字，不仅直白，且躁气太重，俗而失雅，缺少韵味。用笔之力，不在于力；用死力，笔则死。笔力靠自然而然之巧力，笔力源于技法，不是体力。"

"在书堂寺时，伯公总是嫌俺写得太快。老人家给俺讲，张芝被誉为'草圣'，时人多欲睹其草书风采。不懂之人都以为写草书速度快，省时间，而张芝在给朋友写信时多用真书，落款总是'匆匆不及草书'，意思是时间太紧，来不及用草书写。俺很迷茫，快慢如何把握？"怀素道。

"你的问题不是快，而是只知道快，而不知道到慢。作书有快有慢，有轻有重。孙过庭云'或重若崩云，或轻如蝉翼；导之则泉注，顿之则山安；纤纤乎似初月之出天涯，落落乎犹众星之列河汉'。快慢有人称其为'急缓'，急以取势，缓以会心。就真草来说，真书难得疾，草书难得缓。真书详而静，若一味缓，则不灵动，失之古板。草书省而疾，若一味疾，则不稳重，失之草率。所以，作真如快马斫阵，不可令滞行，作草则当缓则缓，不可恍惚。凡事有度，书不例外，能速不速，是谓淹留，因迟就迟，讵名赏会！”

“观您作书，迅疾如风。”怀素道。

“作书不论快慢，期于法备。善书之人，虽疾而法备，不善书者虽缓而法遗。俺深恶做作，今人作书，多如新妇梳妆，极意点缀，无烈妇之态也。”邬彤道。

不知不觉两人在云经寺转了一圈，出了山门，上了车驾，邬彤继续道：“为何反复强调中锋行笔？毛笔是个锥体，饱含之墨汁通过锋颖沥出，只有中锋行笔，笔画中间注墨丰富，笔道才能如锥划沙、印印泥，才能有力透纸背之效果。”

怀素听得入神，邬彤接着道：“蔡邕在《石室神授笔势》中道，‘书有二法，一曰疾，二曰涩。疾涩二法，书妙尽矣’。像我等坐之车驾，直行则快，转弯则慢，写字也是此理，转折处要慢，慢之目的是为调锋。转折之法，绞转为圆笔，多用于草；转折为方笔，多用于真。一转一折，表现在形态上则为一方一圆，方笔显力量，圆笔显流美。”

邬彤道：“笔法是基础，创作又是另一回事，孙过庭言，一时所书，有五合五乖，合则圆润秀媚，不合则凋敝疏陋。简略的说明其缘由，各有五种情况：精神安逸，心致闲静，此为一合；感人恩惠，酬答知己，此为二合；时令宜人，气候和润，此为三合；佳纸良墨，相称互宜，此为四合；偶蒙灵感，乘与欲书，此为五合。神不守舍，心恐笔止，此为一乖；违反己意，迫于情势，此为二乖；气候干燥，烈日炎炎，此为三乖；纸墨低劣，两不相称，此为四乖；精神倦怠，手笔生疏，此为五乖。合与不合，书法水平的优劣很大。得天时不如得适手的书法工具，得到适手的书法工具又不如得到舒畅的心情。这就是所谓的五乖与五合。合则能达，乖则必失。

你可理解？”

怀素点了点头道：“理解了，理解了。”

经邬彤精心指导，怀素心追手摹，体会藏头护尾、中锋行笔之奥妙，颇有心得，不觉逾年。

## 15 敬观王羲之真迹，拙题孝女曹娥碑

且说张谓任了太子左庶子，为门下坊的主官，统管司经局、宫门局、内直局、典膳局、药藏局、斋帅局等。这日，张谓处理完手头事务，准备打道回府，却见司经局王叵过来神秘兮兮地低语："张大人，前几日祖父病故，传一宝物予下官。您有空闲去看看。"

张谓漫不经心道："有何宝贝，如此神秘？"

"右军《孝女曹娥碑》绢本。"王叵压低声音道。

"王右军？王羲之！"张谓不敢相信自己耳朵，以为听错了，又问："《孝女曹娥碑》？"

"正是。"王叵很认真地点头道。

"好，本官唤藏真一起去。"张谓道。

张谓知道《孝女曹娥碑》的文学价值、书法价值及道德意义，其世传版本颇多，鱼龙混杂。真迹真拓难见踪影，已成传说。听王叵这么说，十分好奇，觉得怀素更应该看看。

张谓差人去邬彤府上找怀素，怀素不在，原来，怀素昨天读到了王维的《终南山》：

太乙近天都，连山到海隅。

白云回望合，青霭入看无。

分野中峰变，阴晴众壑殊。

欲投人处宿，隔水问樵夫。

读后，怀素深受感染，见今天天气很好，闲着没事，便约了两个朋友，

去秦岭的终南山寻找王维描写的诗境。下得山来，又去了长安城延康坊西南隅的西明寺。

西明寺规模宏大，历史悠久，是大唐朝廷供奉的几座著名寺院之一。这里还是国家译场，高僧云集，玄奘、义净、不空等高僧曾在此翻译佛教经典。这里聚集了很多留学僧侣，日本的最多。最让怀素兴奋的是这些日本留学僧不但精通书法，且颇有研究。怀素和他们交流很深入，眼见天黑，便与同行之人道别，还没回到家，就被张谓派人拦住，去了王亘府上。

《孝女曹娥碑》是东汉时为颂扬曹娥的美德，纪念她的孝行而立的石碑。

曹娥是上虞曹盱的女儿，曹盱有边打击乐器边唱歌的艺术才能，且能和着曲调在祭祀仪式上舞蹈。汉安二年（143）端午节，是民俗祭祀潮神的日子，曹盱指挥迎神船队，逆流行驶。因风急浪高，祭船被浪打翻，曹盱落水，人们好久打捞不到他的尸体。他十四岁的女儿曹娥，在江边大声哭喊着寻找父亲，直到第七天仍不见父尸，便投入江中。五天后，死了的曹娥抱着父尸浮出水面。

曹娥去世八年后，上虞县令度尚命县吏魏郎撰写碑文，魏郎久而未出。度尚几番催促未果。度尚的外甥邯郸淳文思敏捷，抄笔立就，文辞绝妙，魏郎叹服。遂悄悄毁掉自己的草稿。东晋升平二年（358），王羲之到曹娥庙，为曹娥孝行所感动，以小楷书《孝女曹娥庙》文存庙，文曰：

孝女曹娥者，上虞曹盱之女也。其先与周同祖，末胄荒流，爰来适居。盱能抚节安歌，婆娑乐神。以汉安二年五月，时迎伍君。逆涛而上，为水所淹，不得其尸。时娥年十四，号慕思盱，哀吟泽畔，旬有七日，遂自投江死，经五日抱父尸出。以汉安迄于元嘉元年，青龙在辛卯，莫之有表。度尚设祭诔之，辞曰：

伊惟孝女，晔晔之姿。偏其返而，令色孔仪。窈窕淑女，巧笑倩兮。宜其家室，在洽之阳。待礼未施，嗟伤慈父。彼苍伊何？无父孰怙！诉神告哀，赴江永号，视死如归。是以眇然轻绝，投入沙泥。翩翩孝女，乍沉乍浮。或泊洲屿，或在中流。或趋湍濑，或还波涛。千夫失声，悼痛万余。观者填道，云集路衢。流泪掩涕，惊恸国都。是以哀姜哭市，杞崩城隅。或有尅面引镜，剺耳用刀。坐台待水，抱树而烧。

於戏孝女，德茂此俦。何者大国，防礼自修。岂况庶贱，露屋草茅。不扶自直，不镂而雕。越梁过宋，比之有殊。哀此贞厉，千载不渝。呜呼哀哉！乱曰：

铭勒金石，质之乾坤。岁数历祀，立墓起坟。光于后土，显照天人。生贱死贵，义之利门。何怅华落，雕零早分。葩艳窈窕，永世配神。若尧二女，为湘夫人。时效仿佛，以招后昆。

汉议郎蔡雍闻之来观，夜暗手摸其文而读之，雍题文云：黄绢幼妇，外孙齑臼。又云：三百年后碑冢当堕江中，当堕不堕，逢王匡，升平二年八月十五日记之。

王羲之《孝女曹娥碑》

其碑因其教化意义及绝妙碑文，引得凭吊者如云似潮。当时著名的学者蔡邕，便是其中一人。

蔡邕当年遇赦，惧宦官报复，不敢回家。在多年的流亡生涯中，他“远迹吴、会”。闻知《曹娥碑》，专程赶来观赏，“值暮夜，手摸其文而读，题八字于碑阴：‘黄绢幼妇，外孙齑臼。’”

蔡邕题词的含义是什么，不得而知，而蔡邕辞世后这也就成了谜。

就此有一段插曲。话说曹操和杨修一天来曹娥庙祭拜。看到碑阴“黄绢幼妇，外孙齑臼”八个字感到很奇怪，不解其意，杨修才思敏捷，说谜底是“绝妙好辞”。他给曹操解释道：黄绢是有颜色的丝绸，那便是“绝”字；“幼妇”是少女，即“妙”字；外孙是女之子，那是“好”字；“齑”是捣碎的姜蒜，而“齑臼”就是捣烂姜蒜的容器，用当时的话说就是“受辛之器”，“受”旁加“辛”就是“辞”的异体字。所以“黄绢幼妇，外孙齑臼”，谜底便是“绝妙好辞”。

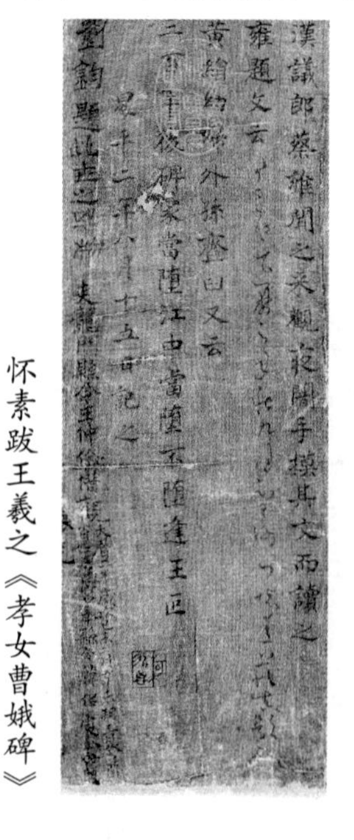

怀素跋王羲之《孝女曹娥碑》

因为有了这个故事，《曹娥碑》开“中国最早的字谜”之先河。也正因为《曹娥碑》隐含着中国第一个离合字谜，被看作是中国文字字谜的鼻祖。也是因为这个典故，在灯谜中还专门设置了一个谜格“曹娥格”，此为闲话，且勿赘言。

当年王羲之年迈多病，还是坚持用小楷写完了碑文，后新安吴茂先镌刻，此碑也成为他生前最后一幅小楷。

张谓观书心切，等到怀素，便急匆匆赶到王叵府上。

王叵先一步回府，从密藏处提前取出了《孝

女曹娥碑》。

王叵把张谓、怀素迎到客厅，着手沏茶，怀素抢前一步拦住：“不渴不渴！待欣赏完了再喝不迟。”

几个人围在桌边，看着王叵打开黑漆匣子，小心翼翼地取出裹了好几层绸缎的碑文。

此为绢本，随着展开，张谓和怀素惊得连话也说不出来，此绢结字扁平，笔力稳健，多不藏锋，存有隶意。章法自然，跌宕有致，无求妍美，却古朴天真。展到结尾隔水处，见有南朝满骞、怀充、僧权等人的题跋。

反复观赏后，王叵道：“张大人可否题跋，以示纪念。”

张谓道：“此乃稀世之宝，非人人能题。俺才浅书拙，即便题跋，徒增笑耳。还是让藏真题吧。”

怀素推辞道：“正言兄，俺一游方和尚，题不得，题不得。”

要在以前，怀素无知无畏，一点都不会谦让，现在不同了，他越是历经世事沧桑，越是觉得自己渺小。

“藏真，此等宝贝，若在上面留名，那将流芳百世。俺十分想题，但字实在拿不出手。《孝女曹娥碑》现在流传拓本较多，绢本俺还是第一次见，确是右军真迹，岂能随便涂抹。你若书不佳，想题都过不了我这一关。”张谓接过王叵递过的茶抿了一口，很认真地说道。

怀素见张谓说得恳切，道：“右军此作本是真书，题跋之人皆用真书，俺不擅长这个。”

“为何非得真书呢？你之草书独步天下，何不用草书呢？”张谓反问。

怀素从王叵手里接过笔，不停地调着笔锋，同时凝视着隔水留白处。他从来没有这么不自信过。张谓似乎看出了他的心事，鼓励道：“欲书先散怀抱，切莫犹豫，如常书写。”

怀素壮着胆子用草书题道：“有唐大历三年秋九月望，沙门怀素藏真题。”

题毕，怀素觉得思虑不周，题跋中没对张谓予以表述，要再添上时，却被张谓拦住：“如此甚好，别具一格。再予添加，则画蛇添足了。”

怀素只好作罢。

王羲之《孝女曹娥碑》墨迹绢本，如今收藏于辽宁博物馆，正如张谓所言，题跋当中，怀素的那款小草，万绿丛中一点红，分外耀眼夺目。

王叵把张谓和怀素送到大门口，将要揖别时突然冒出了另外一个想法，便对张谓悄声道:“大人,下官还有一宝,若不介意,咱们返回观赏。如何？”

见了《孝女曹娥碑》，张谓知道王叵之话不假，肯定还有宝贝，刚才没舍得拿出来。只是最近有个好点的位子出缺，王叵有了想法，便示宝结好，于是道：“好吧，去看看。”

几个人踅回来,王叵把他们安顿在书房,过了会儿,又抱来个黑漆匣子,打开后道：“这两篇文章，不见于世久了，是祖父临去世才交给下官的。”

他边说边一层一层打开红布，总共五层，然后看到一叠手稿，小心取出来递给张谓。张谓看完一页，便传给怀素一页。两人都被此文深深吸引。怀素宁神屏息，聚精会神，生怕漏读一个字。手稿有两篇文章：

其一，王羲之《书论》

夫书者，玄妙之伎也，若非通人志士，学无及之。大抵书须存思，余览李斯等论笔势，及锺繇书，骨甚是不轻，恐子孙不记，故叙而论之。

夫书字贵平正安稳。先须用笔，有偃有仰，有攲有侧有斜，或小或大，或长或短。凡作一字，或类篆籀，或似鹄头，或如散隶，或八分；或如虫食木叶，或如水中蝌蚪；或如壮士佩剑，或似妇女纤丽。欲书先构筋力，然后装束，必注意详雅起发，绵密疏阔相间。每作一点，必须悬手作之，或作一波，抑而后曳。每作一字，须用数种意，或横画似八分，而发如篆籀，或竖牵如深林之乔木，而屈折如钢钩；或上尖如枯秆，或下细若针芒；或转侧之势似飞鸟空坠，或棱侧之形如流水激来。作一字，横竖相向；作一行，明媚相成。第一须存筋藏锋，灭迹隐端。用尖笔须落锋混成，无使毫露浮怯，举新笔爽爽若神，即不求于点画瑕玷也。为一字，数体俱入。若作一纸之书，须字字意别，勿使相同。若书虚纸，用强笔；若书强纸，用弱笔。强弱不等，则蹉跌不入。凡书贵乎沉静，令意在笔前，字居新后，未作之始，结思成矣。仍下笔不用急，故须迟，何也？笔是将军，故须迟重。心欲急不宜迟，可也？心是箭锋，箭不欲迟，迟则中物不入。夫字有缓急，一字之中，何者有缓者？至如"乌"字，下手一点，点须急，横直即须迟，欲"乌"三脚急，斯乃取形势也。每书欲十迟五急，十曲五直，十藏五出，十起五伏，方可谓书。若直笔急牵裹，此暂视似书，久味无力。仍须用笔著墨，不过三分，不得深浸，毛弱无力。墨用松节同研，久久不动弥佳矣。

其二，王羲之《题卫夫人〈笔阵图〉后》

夫纸者阵也，笔者刀稍也，墨者鍪甲也，水砚者城池也，心意者将军也，本领者副将也，结构者谋略也，扬笔者吉凶也，出人者号令也，屈折者杀戮也。夫欲书者，先干研墨，凝神静思，预想字形大小、偃仰、平直、振动，令筋脉相连，意在笔前，然后作字。若平直相似，状如算子，上下方整，前后平直，便不是书，但得其点画耳。昔宋翼常作此书，翼是锺繇弟子，繇乃叱之。翼三年不敢见繇，即潜心改迹。每作一波，常三过折笔；每作一点，常隐锋而为之；每作一横画，如列阵之排云；每作一戈，如百钧之弩发；每作一点，如高峰坠石；屈折如钢钩；每作一牵，如万岁枯藤；每作一放纵，如足行之趣骤。翼先来书恶，晋太康中有人于许下破锺繇墓，遂得《笔势论》，翼读之，依此法学书，名遂大振。欲真书及行书，皆依此法。

若欲学草书，又有别法。须缓前急后，字体形势，状如龙蛇，相钩连不断，仍须棱侧起伏，用笔亦不得使齐平大小一等。每作一字须有点处，且作余字总竟，然后安点，其点须空中遥掷笔作之。其草书，亦复须篆势、八分、古隶相杂，亦不得急，令墨不入纸。若急作，意思浅薄，而笔即直过。惟有章草及章程、行押等，不用此势，但用击石波而已。其击石波者，缺波也。又八分更有一波谓之隼尾波，即锺公《太山铭》及《魏文帝受禅碑》中已有此体。

夫书先须引八分、章草人隶字中，发人意气，若直取俗字，则不能先发。予少学卫夫人书，将谓大能；及渡江北游名山，见李斯、曹喜等书，又之许下，见锺繇、梁鹄书，又之洛下，见蔡邕《石经》三体书，又于从兄洽处，见张昶《华岳碑》，始知学卫夫人书，徒费年月耳。遂改本师，仍于众碑学习焉。时年五十有三，恐风烛奄及，聊遗于子孙耳。可藏之石室，勿传非其人也。

看完此绝世稀稿，怀素欣喜若狂，取笔欲以誊写，王叵道："上人，俺已违犯家法，若再要抄，俺会被以欺祖瞒宗之罪责罚的。"

怀素笑了笑，知趣地放下笔，用心记了五六遍，恨不能一字不漏地嵌入脑海。

张谓道："绝了，王羲之《书论》《题卫夫人〈笔阵图〉后》写得太好了，真是习书的不二秘籍。”

从此，怀素非常留意王羲之法帖，时隔不久，他因缘又见到了其《阮步兵帖》。

那是杨少府邀钱起宴饮，钱起携怀素同往。

话说杨少府近来有心事，皇上欲贬谪他去郴州，他想请钱起从中斡旋，做最后的努力。

杨少府家院墙高不过人，墙缝能捅过瓦片，大门有一扇轴坏了，钱起推了推，才发现卡死了，推不开。院子有三间破旧的瓦房。紧靠东边搭一茅草屋，冒着热气，看得出是厨房。因为要招待客人，洒扫清除，做了准备。见客人进屋，杨少府十岁大小的儿子忙着敬茶端菜。

菜品很简单，上档次的就是一只葫芦鸡，看似从饭馆买来的。杨少府斟酒夹菜，钱起心生同情，心里酸溜溜地难以下咽。不等杨少府开口，钱起就道：“你真有难处，本官一定请吏部朋友斡旋，本官也会上一道折子，争取使皇上收回成命。”

酒过三巡，杨少府从破旧的柜子里，取出一个包袱，打开后取出一个黑漆匣子，双手小心地从里面捧出个红绸布包。随着绸布展开，王羲之《阮步兵帖》慢慢展现在眼前，钱起惊叹：“啊，逸少之书，美轮美奂啊！”

怀素眼睛都直了，半张着嘴一句话也说不出来。

杨少府起身一拜，对钱起道：“此《阮步兵帖》是下官祖传之宝，在下才疏学浅，不配收藏。宝马配英雄，您最适合收藏它。”

钱起还未张口，怀素就伸手接了过来。

“不不不……，家传宝物，岂可随意赠人？”钱起从怀素手里夺过帖子，小心地往一块收拢。

“叔父，既然杨大人一片诚心，您付些银两收了吧。”怀素一心想着带回去。

“君子不夺人之美，切勿胡言乱语。”钱起生气了。

怀素不再说话，回到桌边独自喝起了闷酒。

钱起也没心情喝酒，和杨少府拉起了家常。怀素醉了，听到他们似乎还在说杨少府贬谪之类话题。

这时，隔壁传来老妪剧烈的咳嗽声，杨少府急切道：“钱大人，家母抱恙在床，下官过去看看。”

杨少府起身小跑过去，钱起跟着来到隔壁，见杨母年近古稀，病得不轻，便问候一番告辞。回到家里，钱起修书一封，并取三十两银子，让管家给杨少府送去。

怀素一觉醒来，已经是第二天中午，《阮步兵帖》那淡雅高古，清秀隽永的真书在脑子里不断影映，挥之不去。他知道钱起去了衙门，转到书房，从书柜底层寻出一方金砚台，揣到怀里走了。

出了门，怀素直奔大唐西市，那方做工精美的金砚台变成了五根金条。

看看天色还早，怀素回到住处，写下了下面一段话：

酒狂昨日过杨少府家，见逸少《阮步兵帖》，甚发书与也。颠素何可以到此，但恨无好纸墨一临之耳。比见献之《月仪帖》内数字，遂与右军并驰，非后人所能到。一点一画，便发新奇一法，此乃得锺繇弟子宋翼三遇波藏锋法。酒狂见此，遂大吐出胸中霓耳千丈，早晚纳去，俟杨生缚笔至可为也。兹不具，□狂□藏真太师丈足下。

这就是历史上传说的《酒狂帖》，可惜不知佚于何年。

关于结果，我们都知道，杨少府还是被贬谪去了郴州，王维还为此专门写了首诗——《送杨少府贬郴州》。

临走，杨少府看到家里困窘之境，不禁悲从心来。他找出祖传宝盒打开，却意外地发现《阮步兵帖》不见了，里面成了五根金条。杨少府似乎明白了什么。

怀素的内心，常常有两股力量冲突碰撞，崇拜王羲之，但并不盲目崇拜，他在《过锺帖》中写道：

右军云吾真书过锺，而草故不减张，仆以为真不如锺，草不及张，所为世之所重以其能，怀素书之不足以为道，其言当不虚也。

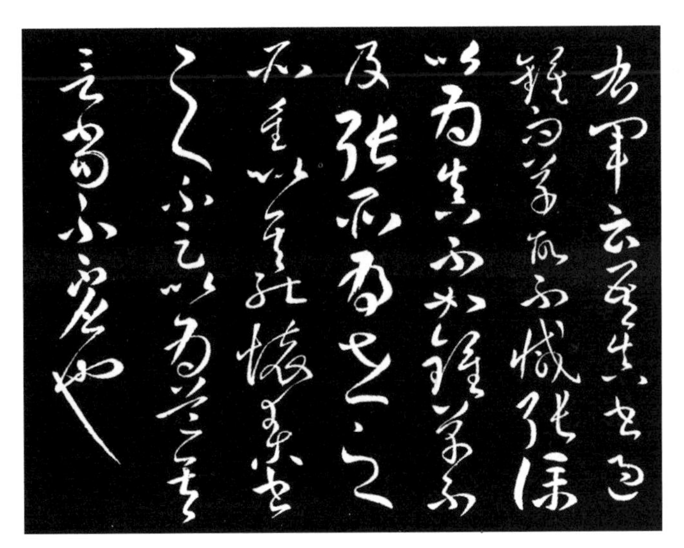

怀素《过锺帖》

怀素被徐浩和邬彤泼了冷水之后，也定下心来重新审视自己，不再浮躁，广泛吸纳名家名作书法之精要，得到了表兄邬彤的精心指点，在长安见到了“二王”等名家墨宝真迹及其书论。怀素眼界大开，书艺精进。在张谓、邬彤和钱起等人的引荐下，怀素在长安也结识了许多社会名流、诗书大家，其名声也与日俱增。

张谓到长安已经两年多了，在西市购置了一座宅子，总算稳定了下来。这日，他琢磨着宅子好了，也该请些故交在一块聚聚。一大早，他安排家人出去采买，置办家宴，还特意叮嘱下人董二买了几挂鞭炮。

在邀请的朋友中，有钱起、任华、戴叔伦、许瑝等，他本也请了邬彤，但邬彤有公差，难以脱身。张谓还特意邀请了自己在谭州刺史任上，被人诬告时，为自己正名洗冤的恩人御史李舟。

怀素早早就到了张谓家里，他还带来了朋友鲁收，提前来帮忙，做些准备。

此日，天高云淡，和风习习，庭院里摆了十几桌酒席，宴席在鞭炮鼓乐声中开始了。怀素执壶，穿梭其间，一会儿就喝高了。

院子迎门新建了雪白的影壁，旁边桌子上早已备好了笔墨。

张谓站起来，摆了摆手，鼓乐戛然而止，张谓道："各位今天光临寒舍，酒淡肴薄，无以为敬，特邀吾之好友零陵僧藏真上人舞墨助兴。"

众人热情高涨，齐声附和。

怀素正喝得起兴，听张谓如此说，便摇摇晃晃地站起来，把手里还端着的那碗酒一仰脖子，一股脑地灌了下去，踉踉跄跄来到影壁前。

全场目光聚在了怀素身上，他并没有去拿笔，而是踉踉跄跄来到影壁前，就地打起了醉拳。怀素在书堂寺时就练拳脚，打起醉拳上盘百枝摇，中盘如铜鼓，下盘如生根。就在众人沉浸在他表演醉拳时，他却突然一声狂啸，腾身跃到影壁前，抓过毛笔。人们还没回过神来，秃笔已在粉白的影壁上游走飞动，观者时而惊诧，时而点头，时而惊呼，怀素表演欲越发高涨。他高声吟咏，手舞足蹈，得意忘形，已经不计笔墨工拙，线条成了抒情的载体。疾涩润燥、质感力度、气势神韵，交相辉映。整篇一泻而下，如旋风骤雨，大气磅礴。众人根本来不及看他写的什么，眼睛只是跟着他跳跃的笔触移动，跟着笔下流淌出来的线条奔跑。最后一点，怀素将毛笔遥掷过去，只见那支秃笔，似离弦之箭，不偏不倚，正好是该点的位置。

怀素返身移步，随手抓过酒壶又仰起脖往下灌。

“妙！”惊讶的人群中，不知谁喊了一嗓子，全场齐声叫好。

李舟酙满一杯酒走了过来，对怀素道：“俺还是在衡阳所说之话，昔张旭之作也，时人谓之张颠，今怀素之为也，余谓之狂僧。以狂继颠，谁曰不可！来，敬您一杯。”众人齐声附和，怀素来者不拒，开怀畅饮。

御史任华诗兴大发，临场作诗一首：

吾尝好奇，古来草圣无不知。

岂不知右军与献之，虽有壮丽之骨，恨无狂逸之姿。

中间张长史，独放荡而不羁，以颠为名倾荡于当时。

张老颠，殊不颠于怀素。

怀素颠，乃是颠。

人谓尔从江南来，吾谓尔从天上来。

负颠狂之墨妙，有墨狂之逸才。

狂僧前日动京华，朝骑王公大人马，暮宿王公大人家。

谁不造素屏？谁不涂粉壁？粉壁摇晴光，素屏凝晓霜，

待君挥洒兮不可弥忘。骏马迎来坐堂中，

金盆盛酒竹叶香。十杯五杯不解意，百杯已后始颠狂。

一颠一狂多意气，大叫一声起攘臂。挥毫倏忽千万字，

有时一字两字长丈二。翕若长鲸泼剌动海岛，

欻若长蛇戎律透深草。回环缭绕相拘连，

千变万化在眼前。飘风骤雨相击射，速禄飒拉动檐隙。

掷华山巨石以为点，掣衡山阵云以为画。兴不尽，

势转雄，恐天低而地窄，更有何处最可怜，

褭褭枯藤万丈悬。万丈悬，拂秋水，映秋天；或如丝，

或如发，风吹欲绝又不绝。锋芒利如欧冶剑，
劲直浑是并州铁。时复枯燥何褵褷，
忽觉阴山突兀横翠微。中有枯松错落一万丈，
倒挂绝壁蹙枯枝。千魑魅兮万魍魉，欲出不可何闪尸。
又如翰海日暮愁阴浓，忽然跃出千黑龙。夭矫偃蹇，
入乎苍穹。飞沙走石满穷塞，万里飕飕西北风。
狂僧有绝艺，非数仞高墙不足以逞其笔势。
或逢花笺与绢素，凝神执笔守恒度。别来筋骨多情趣，
霏霏微微点长露。三秋月照丹凤楼，二月花开上林树。
终恐绊骐骥之足，不得展千里之步。狂僧狂僧，
尔虽有绝艺，犹当假良媒。不因礼部张公将尔来，
如何得声名一旦喧九垓。

任华搁笔，喝彩声中，却闻一人朗声道："这诗作的好，但怎能把藏真功劳揽在张大人头上。怀素上人乃当今之草圣，当之无愧！"此人是任华同僚窦冀，他穿过人群，执笔濡墨，文不加点写将起来：

狂僧挥翰狂且逸，独任天机摧格律。
龙虎惭因点画生，雷霆却避锋芒疾。
鱼笺绢素岂不贵，只嫌局促儿童戏。
粉壁长廊数十间，兴来小豁胸襟气。
长幼集，贤豪至，枕糟藉麹犹半醉。
忽然绝叫三五声，满壁纵横千万字。
吴兴张老尔莫颠，叶县公孙吾何谓。
如熊如罴不足比，如虺如蛇不足拟。
涵物为动鬼神泣，狂风入林花乱起。

殊形怪状不易说，就中惊燥尤枯绝。
边风杀气同惨烈，崩槎卧木争摧折。
塞草遥飞大漠霜，胡天乱下阴山雪。
偏看能事转新奇，郡守王公同赋诗。
枯藤劲铁愧三舍，骤雨寒猿惊一时。
此生绝艺人莫测，假此常为护持力。
连城之璧不可量，五百年知草圣当。

窦冀誉怀素为“草圣”，是他发自内心的声音，他刚要放笔，鲁收便接了过去，借着酒兴刷刷地写起来：

吾观文士多利用，笔精墨妙诚堪重。
身上艺能无不通，就中草圣最天纵。
有时兴酣发神机，抽毫点墨纵横挥。
风声吼烈随手起，龙蛇迸落空壁飞。
连拂数行势不绝，藤悬查蹙生奇节。
划然放纵惊云涛，或时顿挫萦毫发。
自言转腕无所拘，大笑羲之用阵图。
狂来纸尽势不尽，投笔抗声连叫呼。
信知鬼神助此道，墨池未尽书已好。
行路谈君口不容，满堂观者空绝倒。
所恨时人多笑声，唯知贱实翻贵名。
观尔向来三五字，颇奇何谢张先生。

鲁收写罢，在大家喝彩声中欲把笔传递出去，却没人接。他就近递给许瑝，许瑝接笔在手，却叽咕道：“在下愚钝，有心成诗诗不成，才想了四句，不能成篇啊。”

“一句都行。”众人怂恿道。

许瑝只好把这四句写出来：

志在新奇无定则，古瘦漓缅半无墨。

醉来信手两三行，醒后却书书不得。

有人道：“这么好的诗，四句足够矣。”满院子回响着笑声。

马云奇不善言辞，悄无声息地端着酒杯过来，对怀素道：“这次到长安，和藏真兄朝夕相处，深感敬佩。今天总想献诗一首，但好诗都让几位大人写绝了，俺的诗感觉在嗓子眼，就是说不出来。藏真，诗一定要献，改日吧。”两人对饮而尽。

可惜，怀素与马云奇一别，终生再也未曾谋面。因为马云奇是张掖太守乐庭环的幕僚。唐德宗建中二年（781），张掖被吐蕃攻陷，张掖幕府大小官员全部被俘，马云奇也不可避免地沦为囚徒。他先被押解到青海湖北面，两年后又转至湟水河畔的临蕃城。马云奇诗作是后来在敦煌石窟中被人发现，后被外国人劫去，现藏在法国巴黎图书馆。1977 年有学者将其校订发表。根据敦煌抄本，马云奇诗作传世有 13 首，其中一首是写给怀素的：

怀素才年三十余，不出湖南学草书。

大夸羲献将齐德，功比锺繇也不如。

畴昔阇梨名盖代，隐秀于今墨池在。

贺老遥闻怯后生，张颠不敢称先辈。

一昨江南投亚相，尽日花堂书草障。

含毫势若斩蛟龙，握管还同断犀象。

兴来索笔纵横扫，满坐词人皆道好。

一点三峰巨石悬，长画万岁枯松倒。

叫喊忙忙礼不拘，万字千行意转殊。

紫塞傍窥鸿雁翼，金盘乱撒水精珠。

直为功成岁月多，青草湖中起墨波。

醉来只爱山翁酒，书了宁论道士鹅？

醒前犹自记华章，醉后无论绢与墙。

眼看笔掉头还掉，只见文狂心不狂。

自倚能书堪入贡，一盏一回捻笔弄。

壁上飕飕风雨飞，行间屹屹龙蛇动。

在身文翰两相宜，还如明镜对西施。

三秋月澹青江水，二月花开绿树枝。

闻到怀书西入秦，客中相送转相亲。

君王必是收狂客，寄语江潭一路人。

马云奇在诗中写道，怀素曾告诉自己，将赶超锺繇、王羲之、王献之，让当朝草书名家贺知章也“怯后生”，张旭见了自己书法也“不敢称先辈”。

马云奇为怀素写了这首诗，但怀素至死都未曾读到。这首和怀素终生未曾谋面的诗，今天却成了考证怀素生平最为重要的史料。

子夜，这厢宴席曲终人散，怀素已是酩酊大醉，不省人事了。

## 16 钱起传徐浩《论书》，邬彤再授“草书势”

怀素到长安已经五个年头了。一天，怀素突然接到了一封家书，信函告诉他，母亲健康每况愈下，久药不愈。读罢家书，怀素归心似箭，准备回府，以侍汤药。

长安和洛阳被称为西京、东京，是唐代文化的两个中心，文化积淀深厚，藏龙卧虎，名家辈出。怀素一直有个愿望，就是游历东、西二京，如今在西京长安待了五年，本想去东都洛阳再待几年，遍访名家，丰富书学，自己又受风废和脚气困扰，一直未能如愿。这次母亲抱恙，若回零陵，终生能否再来二京不得而知，思忖再三，他决定绕道洛阳，一了所愿。

离开长安之际，怀素有些恋恋不舍，他舍不得离开长安这浓厚的文化氛围，也舍不得这帮朋友。但也没办法，他着手安排起程，开始向亲友们道别。

表兄邬彤当差去了洛阳，怀素便去向叔父钱起辞别。钱起才高八斗，儒雅贤达，在长安官场很受人们敬重。这几年怀素受他影响不小，常常随他登堂入室，饮宴弄墨，结识了许多达官显贵和文人雅士。

来到钱起府，不料张谓也在。

钱起见怀素来了，道：“藏真来了正好，俺这里有坛贡酒，就此共饮。”

张谓附和着，钱起便吩咐下人准备佐酒菜。

几个凉菜上来了，钱起道：“热菜上得慢，俺们就此先饮几杯。”

几人落座，张谓道：“佛说有缘，还真不假。下官与藏真只昨天未见，今天在钱大人府上又不期而遇了！”

怀素饮下一杯，没有言语。

“俺家释子是酒星，是循着俺这坛好酒来的。”钱起开玩笑道。

怀素还未答言，起身给三个人酙满酒后道：“正言兄，俺正准备见过叔父去您府上，见了也好，就一并作别。”

“作别？”张谓很惊讶，“你从未曾说过，要去何处？为何如此急迫！”

“接到家书，母亲病重，俺得回零陵侍奉。”

怀素一句话，勾起了钱起的心事。自天宝十载（751）中进士，初为秘书省校书郎、蓝田县尉，后任司勋员外郎等职。忙于功名，钱起一直没有回过家，触景生情，思乡念亲之情油然而生。

钱起被誉为“大历十才子”之冠，人称“钱郎”，时人谓之“前有沈宋，后有钱郎”。钱起沉吟着踱到书桌旁，捻须提笔，膏墨展纸，写将起来。

张谓和怀素罢饮驻杯，屏息凝神，凑了过来。钱起写完，张谓读道：

释子吾家宝，神清惠有余。

能翻梵王字，妙尽伯英书。

远鹤无前侣，孤云寄太虚。

狂来轻世界，醉里得真如。

飞锡离乡久，宁亲喜腊初。

故池残雪满，寒柳霁烟疏。

寿酒还尝药，晨餐不荐鱼。

遥知禅诵外，健笔赋闲居。

读完，张谓赞道：“好诗！好诗！情真意切！”转身又对怀素道，“藏真，何不就此狂书一幅？”

怀素二话不说，搦笔濡墨，龙蛇大草。一幅狂草作品立展眼前。

怀素搁笔，端起酒杯，对钱起怅然道：“叔父，此次来长安，俺有一心愿未了，也让您老丢了面子。”

“何事？”钱起不解地问。

“人都知道叔父和徐浩关系好，介绍之后，俺多次拜访，他都未见俺，更不用说传俺笔法了。”怀素伤感道，“徐浩目中无我！”

钱起拍了拍怀素肩膀道：“若能多待几日，俺亲自带你去，看他见不见！”

“钱大人，下官也从中斡旋过。”张谓道。

“叔父，明天俺就要走，即便随您前往，他也未必真心教俺。”怀素叹息道。

“不见也罢，徐浩曾有书论，秘不示人，俺背你抄。”钱起一字一句背了起来：

徐浩《论书》

《周官》内文教国子六书，书之源流，其来尚矣。程邈变隶体，邯郸传楷法，事则朴略，未有功能。厥后锺善真书，张称草圣。右军行法，小令破体，皆一时之妙。近世萧、永、欧、虞颇传笔势，褚、薛已降，自《郐》不讥矣。然人谓虞得其筋，褚得其肉，欧得其骨，当矣。夫鹰隼乏彩，而翰飞戾天，骨劲而气猛也。翚翟备色，而翱翔百步，肉丰而力沈也。若藻耀而高翔，书之凤凰矣。欧、虞为鹰隼，褚、薛为翚翟焉。欧阳率更云，萧书出于章草，颇为知言，然欧阳飞白，旷古无比。

初学之际，宜先筋骨，筋骨不立，肉何所附？用笔之势，特须藏锋，锋若不藏，字则有病，病且未去，能何有焉？字不欲疏，亦不欲密，亦不欲大，亦不欲小。小促令大，大蹙令小，疏肥令密，密瘦令疏，斯其大经矣。笔不欲捷，亦不欲徐，亦不欲平，亦不欲侧。侧竖令平，平峻使侧，捷则须安，徐则须利，如此则其大较矣。

徐浩自言：余年在龆龀，便工翰墨，力不可强，勤而愈拙，区区碑石之间，矻矻几案之上，亦古人所耻，吾岂忘情耶！德成而上，艺成而下，则殷鉴不远，何学书为？必以一时风流，千里面目，斯亦愈于博弈，亚于文章矣。

张伯英临池学书，池水尽墨，永师登楼不下，四十余年。张公精熟，号为草圣。永师拘滞，终著能名。以此而言，非一朝一夕所能尽美。俗云："书无百日工。"盖悠悠之谈也。宜白首次之，岂可百日乎！

"钱大人，实乃过目成诵也！"张谓非常惊讶。

"徐大人之前与俺讨论此文稿，俺便记下来了。他不见吾家释子，但他书学精髓全在其《论书》中。你认真琢磨，将会了解其书学思想。"

怀素抄完道："如此雄文，不比王羲之《书论》逊色。"

怀素转悲为喜，把离愁忘到一边，三人又继续饮酒，至醉方休。

邬彤办完差事，自洛阳回到了长安，怀素把要返乡侍母的前因后果说了一遍，邬彤便邀来一帮朋友为怀素饯行。

大家见怀素要离京，轮番敬酒。本来见酒就把持不住的怀素早就喝高了。深夜，散席后怀素随着大家退出了邬彤的会客厅，回到自己住了五载的厢房，自觉书兴尤酣，遂铺开纸，濡墨欲书，却见邬彤进来了。

怀素搁下笔，让邬彤在胡床小憩。邬彤也不理会，自顾走到书案前，捡起毛笔，濡墨调锋，用稳实的真书笔法写了李世民在《王羲之传论》中的一句话——"凤翥龙蟠"。

怀素平素对真书研究少，也最不想写真书，见邬彤驻笔，道："表兄，真书俺总是写不好。”

跟邬彤进来的书童，此刻在旁边八仙桌上又摆好了几个小菜，筛好热酒，邬彤示意怀素过去坐下，道：“学书无捷径，你之草书尚可，但要扬名立万，书史上争得一席之地，照你今日之水平，断然不行！”

怀素道：“表兄，俺为此起早贪黑，在零陵芭蕉园栉风沐雨，习书数载；而今翻山越岭来到长安城中，只为虚心求教，毫无哗众取宠之意，万望您不吝赐教。明日就要离开长安了，小弟愿洗耳恭听。”

“真草有别，又为互补。真以点画为形质，使转为形质；草以点画为情性，使转为形质，草乖使转，不能成字；真亏点画，犹可记文。习书又如掘井，笔法学习，都是打基础，当掘到泉涌时，如书之五体兼通。掘井不为掘井，而为取水。你之习书，切勿投机取巧，要兼修互补，以真书为基础，在草书上求突破，方为正路。”

怀素不住地点头。

邬彤又道：“作书忌刻意而为之，先愉悦心态，再下笔书之。蔡伯喈（蔡邕）曾言：‘书者，散也。欲书先散怀抱，任情恣性，然后书之。若迫于事，虽中山兔毫不能佳也。’就说草书吧，吾师张旭长史卓然超群，草书天下无双，其有一要诀，秘不示人。”

怀素眼睛一亮，凝神静听。

邬彤不紧不慢，轻咳了一声，目光朝门口扫视一番，慢腾腾地道：“草书‘古势’多矣，太宗诟病王献之草书如‘凌冬枯树，寒寂劲硬，不置枝叶’；吾师张旭长史曾私谓草书势如‘孤蓬自振，惊沙坐飞’为妙。此后，俺用心体会王献之寒寂劲硬之笔触，琢磨长史孤蓬自振，以及狂风乍起，就地腾起之细沙在空中随风劲舞之景象，从中感悟草书笔势。经苦心研习，精心体悟，草书才超凡脱俗。但凡草圣，皆师法自然，取法自然。”

怀素皱眉沉思，脑海里展现出那微风自振的一团蓬草，恍然悟到，那不正是草书轻歌曼舞的笔意吗？狂风倏忽转向，沙随风起，由内向外，由浓而淡，升腾旋转，忽东忽西，忽上忽下，不正是草书变动不居、反复无常的态势吗？

邬彤见怀素沉默不语，问道："你可解其意？"

怀素猛然惊醒，一下子从那自振的蓬草，飞舞的风沙画面中回过神来，拊掌连声大叫："妙哉！妙哉！'凌冬枯树，寒寂劲硬，不置枝叶'是说王献之连绵大草'瘦硬寒寂'之笔触；至于'孤蓬自振，惊沙坐飞'则是长史狂草中'奇怪'笔法及笔法产生具有张力之意象。"

邬彤起身道："书道玄妙，除口传手授，更为重要之在于自悟，要殊于常人，站在常人之角度去思考肯定不行，必得付出百倍之努力，要有异于常人深邃之思考，必须站到更高之境界。否则，只是书匠而已。"

怀素长揖道："诚谢表兄。何为书匠？如何成为书家？"

邬彤抿口小酒道："精通技法，写一手好字则为书匠。书有新意，自成一体则为书家。但凡书法，须知加法与减法。初之初，学习笔法技巧，增强学识修养，丰富个人阅历皆用加法，多多益善，也为必经过之阶段。修炼至至高境界，则达其情性，形其哀乐，与万物灵魂相交融，与天地精神相往来，则书人文、书气象、书精神、书情怀。所谓技法，溶于血液，此时作书，则用减法，所谓大道至简。无法而法乃为至法，贵在造势，以神采意趣为要。表现情性，展现神采意趣，此乃一流书家也。"

"表兄，那又如何造势？"怀素追问道。

"作真，字终意亦终；作草，则兴尽而势未尽。草书最能传情，传情贵在造势，造势贵在起兴，兴又难在酝酿。兴到之时，笔势自生。作草达其情性，形其哀乐。高手作草，惟见神采，不见字形。长史（张旭）作草，兴多因酒而起，俺亦如此。”

“表兄，今日一席话，胜读十年书，使俺醍醐灌顶，幡然醒悟。”

邬彤起身道：“夜深了，俺倾平生所学授于你。俗语说，师傅引进门，修行在个人，以后全靠自己了。明日分手，万里之别，无以为赠，俺有一宝物，作为离别之礼赠于你。”邬彤起身迈着醉步往外走。

书童早已趴在门侧的桌子上睡着了，听到响动，抬头揉了揉蒙眬的睡眼，点上灯笼走在前面。

夜深人静，院子一片漆黑。

到了书房，邬彤让书童在门外厢房候着，他拽过太师椅，上置一小凳子，颤颤巍巍地站上去，揭开顶棚，从房梁处取出一包裹递给下面的怀素。怀素一只手扶椅子另一只手接过包裹，小心地放在桌子上。

邬彤下来，取过鸡毛掸子，小心地掸去上面的灰尘，然后一层一层地解开三层防潮油纸，道：“俺有三帖，为右军（王羲之）之《恶溪》，小王（王献之）之《骚》《劳》，你慎重选择，喜欢哪一本，带去作为日课，倍加研习。”

怀素喜欢草书，对王献之书作尤为喜欢，就在小王二帖中选了《劳》帖，小心收好，再三道谢，起身作别。

回到小屋，怀素顾不上收拾东西，在油灯下迫不及待地翻阅王献之的《劳》帖。

当时要得到名人法帖，是十分困难的事。怀素心想：古人得佳帖数行，专心学之，便能名家。而今，表兄赠一完整墨迹本，若无收获，情何以堪。他暗暗下决心，定要使此帖烂熟于心。

怀素毫无睡意，心追手摹，不觉窗外已经泛白，他看天色已亮，便洗把脸，小心收好王献之墨宝真迹，准备出门上路。

昨天，邬彤联系好去洛阳的车马，顺道带怀素过去。

怀素刚跨出房门，准备赶到官驿去，却见邬彤的书童已到门口，道：“上人稍等，我家大人即刻就到。”话音未落，见邬彤出现在廊道那头。

怀素快步迎上前去道：“表兄，昨晚睡得太迟，为何起这么早？”

“回去睡不着，想起一要诀，须传与你，便早早赶来。”

怀素以期待的目光望着邬彤，邬彤压低声音道：“俺感悟到书写的诀窍——草书竖牵，似古钗脚。是谓草书竖之连接，要像金银钗屈曲之平滑劲健、古朴圆浑。草书关键在于气息，讲求字之体势，一笔而成，偶有不连而血脉不断，及其连者气脉通于隔行。就这些，自己再去揣摩吧。”

怀素不胜感激，洒泪惜别，一步三回头，直到邬彤身影在他的视野消失了，才登车向官驿赶去。

东京洛阳和西京长安同是全国文化中心。像张旭那样知名书法家大都在这里生活过，留下了许多书法名迹（2009年由邬彤撰并书的《唐侯知什墓志》在洛阳出土），去洛阳也是怀素多年的愿望。

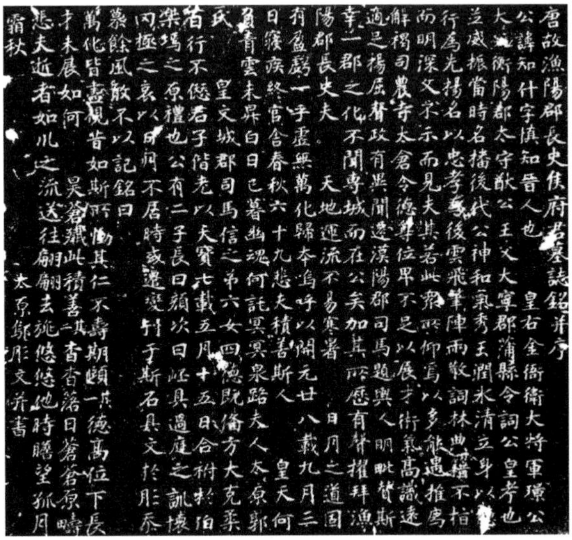

邬彤《唐侯知什墓志》

一路之上，怀素细心体悟邬彤所授之法，不停地在衣服上、车门上比比画画，心追手摹，感悟颇深。

## 17 绕道东都觅圣迹，官驿偶遇颜真卿

怀素随官驿马车在一个初冬的黄昏到了洛阳。

这里的驿丞姓王，叫宗显，和邬彤也是朋友。他安排怀素吃过晚饭，稍事休息便陪他骑马夜游洛阳城。尽管已经是夜晚，但其建筑廊悬梁挑，街道灯火辉煌。怀素对王驿丞道："王驿丞，洛阳城如此繁华，无逊于长安啊！"

王宗显答道："没错，洛阳习惯上叫东都，也有人称它为'神都'。长安城有两市一百零八坊，洛阳城有两宫三市一百零三坊，光紫微城就有六千多亩（四平方千米）。高宗把洛阳定为永久性东都，而不是朝廷之行宫。每个衙门都在洛阳设分支机构，还在这里办起东都国子监。朝廷经常迁往东都处理公务，已成为定制。您看这洛水穿城而过，给其增添了灵性与生机，比起西京长安也不差！"

洛阳城初冬之夜晚，已经凉森森的。他们转了约一个时辰，感觉有点冷，王宗显便安排在洛阳城繁华的承福坊中最好的酒楼吃饭。

这个酒楼在承福坊西南角，坐北面南，西依宫城，南临洛水，是个慢饮赏景的好去处。

王宗显是性情中人，和怀素一见如故。上了酒桌，越发黏乎。

饭店掌柜和王宗显是老朋友，也过来敬酒。

王宗显对饭店掌柜道："这位上人，你不认识，但他表兄是你座上宾邬兵曹。他之书风大有邬兵曹之风范，他也是名动西京的书法家，法名怀素，字藏真。"

说到怀素掌柜的不认识，但提到邬彤他太熟了。掌柜兴奋地道：“俺与邬兵曹本来就是酒友，兵曹只要来洛阳，必来这里，俺柜子里还有他好几幅墨宝呢。”

酒过三巡，菜品五味，他们个个面红耳赤，渐渐显现出了醉态。王宗显乘酒兴对掌柜的道：“邬兵曹墨宝你已经有了，那怀素上人之墨宝不妨也收藏一幅，何如？”

“求之不得，求之不得！”掌柜起身拱手道。

怀素只要痛饮，便发书兴，见此情景，也不推辞，端起面前酒碗一饮而尽，道：“如此小菜一碟，乃举手之劳也。”

掌柜立即吩咐下人取来文房四宝，亲自研墨润笔展纸。怀素离席端着碗酒，走到台前并不急着去写，只是盯着桌上那方纸来回踱步，打着腹稿。众人目光都随着怀素来回移动，刚才酒席上的喧嚣一下子没有了，整个屋子静得能听得见呼吸声。

酒精作用下，怀素兴奋异常，他绕桌子转了几圈，用脚把旁边两条凳子拨开，抱拳起势，半倾半斜，似倒非倒，打起了醉拳。

众人看得入神，他收了拳，大呼道：“把酒上满。”早有人递过一碗酒。他右手捧碗，走到几案前看着纸墨，脑子里蹦出的还是李白的《将进酒》。此刻，他胸中墨彩汹涌，激情澎湃，将那碗酒仰脖一灌而尽，一声狂啸，酒碗随声掼出，在墙角处发出一声清脆的破碎声。随后，他矮小的身子纵身一跃，濡墨搦笔，携风带雨，唰唰唰地写了起来。

众人屏住呼吸，目光紧紧随着怀素笔触上下翻飞，左右跳跃，生怕一眨眼误过了那精彩一刻。屋子很静，只有毛笔沙沙沙的声。观者全都沉浸在怀素线条世界里，打心眼里惊叹于他的气韵和神速。眼看一笔墨写了近二十个字了，待干枯得无法再写的时候，怀素仍枯中求墨，速度不得不慢下来，但笔法却表现得更清晰了，这也是他苦心钻研邬彤传授技法的心得。书到最后落款“沙门怀素”那一点之时，怀素一声呐喊戳将过去，笔落纸时再用力一拧，并向左下勾出，其势似有千钧，如高山之坠石，似离弦之飞箭，至此，怀素戛然收笔，满堂如梦方醒，一片哗然。皆惊叹于如此不法传统，奔放泄泻，激情四射的狂草。

怀素的吼声，引来不少食客，掌柜推着众人，道：“各位客官，写完了，散了散了吧。”

“慢，移步大厅，俺再书一纸。”怀素写字，向来人越多，场面越大越来劲，他有着异于常人的表演欲。他不顾掌柜的阻拦，移步大厅，继续狂书。

趁怀素饮酒当儿，掌柜的捡起笔，写了一横道：“上人，俺也酷爱书法，但俺之笔划来总觉无力，何故？”

怀素在纸上迅速划了两条横线，问：“掌柜可仔细看看，此两条线有何不同？”

掌柜的偏着头仔细看，旁边有人道：“好像上面这条扁平，下面这条圆润？”

“对。为何会如此？”怀素追问道。

众人无语。

怀素放慢笔速示范道：“此为裹锋与铺毫之区别。老祖宗发明的毛笔非常神奇，书时若完全打开，便是铺毫。反之，起笔绞锋逆入，行笔之中，虽有毫铺开，再行绞裹，保持裹锋锥体，就是裹锋。铺毫扁平漂浮，裹毫沉凝有力，篆、草多用裹锋。”

众人连连称奇。

怀素真醉了，被众人抬回驿馆。当他被尿憋醒的时候，发现躺在暖和的炕上，从窗子望去，日已三竿。他刚起身，王驿丞就进来了，道：“上人，睡得可好？”

“真解乏啊，一觉就睡到这个时辰。”怀素对王宗显道，“王大人，我准备明日起程回零陵老家，今日欲去寻访观赏名人墨迹。”

“昨晚上人醉了，抚州刺史颜真卿大人来了，他说认识上人。你见不？”

“啊，颜大人在此？明日贫僧不走了，正好见教于他。”

怀素顾不上吃饭，立即起身去客厅拜见颜真卿。

颜真卿乃一代大儒，格物致知，修身齐家，平日就有闻鸡即起，读书散步的习惯。今天起得更早，他读了一会儿书，步出官驿去散步。

颜真卿对洛阳城太熟悉了，开元二十六年（738），母亲殷夫人病逝，从长安回洛阳丁忧三年。天宝八载（749），升任殿中侍御史，受宰相杨国忠排挤，被外放为东都采访判官，也在洛阳，这里的一草一木，他闭着眼睛都想得出来。每到洛阳，他第一件事是去母亲坟上祭扫凭吊。

颜真卿祖籍山东，生于京兆万年（今陕西省西安市），出身名门望族，三岁丧父，家道败落，生活的担子全压在了母亲一人身上。十三岁时，他随母亲南下，寄居在外祖父家，成年后为求取功名，才回到长安。734 年颜真卿考中进士，后在朝中任校书郎等职。遗憾的是，自己长大成人，母亲却因病于 738 年在洛阳去世了。他一直有个心愿，把母亲灵柩迁回祖茔长安，却一直忙于政务，腾不开手脚。如今被免去抚州刺史，又没有新的任用，便觉无官一身轻。一路欣赏了多地山光水色，拜访了许多朋友，写了好多碑文，如今来到东都洛阳，目的是将迁母亲灵柩迁回长安祖茔。

转过街角，颜真卿来到上林坊裴儆的老宅子。围墙上蒿草荒芜，砖缝里还长出了小树，看来宅子已经很长时间未曾修葺，但这些都遮不住其昔日的光鲜，尽管破败，神韵犹存。一切仍是那么的熟悉、那么地亲切。颜真卿推了推门，没有推开，便从门缝里看去，见院子里还是原来的老样子。照壁背后，便是那片茂密的竹林，穿过那片竹林，就是老师张旭给自己教授笔法的“竹林小院”。

张旭书法在当朝非常驰名，因其得笔法真传，显得更加神圣。笔法传承具有家族式特点，有明显的封闭性。颜真卿和张旭没有血缘关系，因此，他拜师艰难，过程曲折。

那年，颜真卿还在醴泉县尉任上，当得知张旭在洛阳裴儆府上暂住，便决然辞官再次前往，向张旭请教笔法。

颜真卿在《述张长史笔法十二意》中对此作了回忆：

余罢秩醴泉，特诣京洛，访金吾长史张公，请师笔法。长史于时在裴儆宅憩止，有群众师张公求笔法，或存得者，皆曰神妙。仆顷在长安二年师事张公，皆不蒙传授，人或问笔法者，皆大笑而已，即对以草书，或三纸、五纸，皆乘兴而散，不复有得其言者。仆自再于洛下相见，眷然不替。仆因问裴儆：足下师张史有何所得？曰：但书得绢、屏、素数十轴，亦尝请论笔法，惟言倍加功学临写，书法当自悟耳。

仆自停裴家，因与裴儆从长史月余。一夕前请，曰：既承兄丈奖谕，日月滋深，夙夜工勤，溺于翰墨，倘得闻笔法要诀，则终为师学，以冀至于能妙，岂任感戴之诚也！长史良久不言，乃左右眄视，拂然而起。仆乃从行来至竹林院小堂，张公乃当堂踞床而坐，命仆居于小榻而曰：笔法玄微，难妄传授。非志士高人，讵可与言要妙也。书之求能，且攻真草，今以授之，可须思妙。

颜真卿手抚风噬斑驳的石门墩，望着荒芜的墙头，心生悲悯之情。物是人非，斯人已去，裴儆不见面已数年矣。历经安史之乱，不知裴家流落何处。

日上三竿，颜真卿无心再转，便踅回驿馆。

等不到颜真卿回来，怀素去了定鼎门。离开长安时，表兄邬彤告诉他，定鼎门东第四街由南向北第一坊为归德坊，卢言宅内东壁有张旭留下的书壁真迹。定鼎门西第一条街由南向北第六坊积善坊，有唐明皇李隆基的旧宅，里面有许多值得观赏的墨宝真迹。

唐明皇李隆基旧宅在皇城之外，洛水南岸的积善坊，正对皇城的端门，离怀素下榻的驿馆不远，一盏茶的工夫就到了。怀素见有人值守，上去百般求情，守宅人就是不让进去。没办法，怀素只好顺天街（定鼎门大街）南行。到定鼎门向左拐，约一里半路程，便是归德坊。卢言家并不难找，但邻居说战乱之后一直没人。怀素不甘心就此回去，绕着宅子转了一圈，发现靠院墙处有一棵老槐树，见四周没人，便施展拳脚，纵身一跃，翻了过去。

院子里荒草齐腰，看来好久没人来过。他根据表兄邬彤的描述，很快找到了东壁，眼前为之一亮，果然隐约可见张旭那遒劲飞动的笔触题写的诗行，遗憾的是其斑驳脱落严重，稍清晰的只有两行半。

怀素仔细辨认，前一行只剩一些断字残墨，根本看不清。第二行第一个字也看不清，下来内容是“野烟石矶西畔问”，第三行较完整，内容是“渔船桃花尽日随流水洞”，之后内容一点都看不清。怀素在记忆中搜寻，这原来是张旭自撰诗作《桃花溪》，诗曰：

隐隐飞桥隔野烟，

石矶西畔问渔船。

桃花尽日随流水，

洞在清溪何处边。

尽管如此残缺，怀素还是甚感欣慰。他找了一根树枝在地上比画着临写。写了看，看了再写，太阳从东边转到了西边他都不知道。直到天黑得看不见了，他才意识到自己在这待了一整天，感到又饥又渴。

怀素看看墙头，不好上去，便在院子里找了根长椽，搭上墙头，抱着爬到一半竟掉了下来。实在乏力，他稍事休息，憋足劲终于爬上墙头，翻了出来。

从卢言宅翻墙回来，怀素弄得灰头土脸，狼狈不堪。回到驿馆，想溜回去，洗把脸再来见颜真卿。

借着幽暗的灯光，怀素贴着墙根，急匆匆地向房里走。不料和倒洗脚水的颜真卿撞了个满怀，廊灯照得很清楚，他想躲也躲不开。

颜真卿见是怀素，朗声道："藏真，为何才回来？快进屋。"

进了屋，王宗显也在，见怀素满身是土，手脸还有蹭破皮的血迹，惊讶地问道："上人，为何这般模样？"

怀素也顾不得体面，奔过去抓起茶壶"咕咚咕咚"一个劲往肚子灌。放下茶壶，怀素道："贫僧饥饿难耐，快弄点吃的。"

颜真卿递给怀素一条面巾，并以异样的目光看着他。怀素这才有气无力讲了整个过程。

颜真卿打心眼里佩服怀素的执着，回道："切莫遗憾，明日本官带你去玄宗故居便是。"

在怀素眼里，当朝书坛，徐浩身居高位，颇得皇帝赏识，其影响力自然不必多言。但此人恃才傲物，目中无人，自己带着苏涣的诗荐信去拜访，吃了闭门羹。钱起和徐浩交好，大历八年秋，中书舍人常兖设宴为徐浩饯行，钱起作《奉和中书舍人晚秋谓集贤院即事寄徐、薛二侍郎》相赠。钱起介绍侄子怀素去拜访，张谓也从中斡旋，徐浩还是不予理会。怀素觉得受了莫大的侮辱，此后和徐浩再没有任何来往。颜真卿却截然不同，自从在表兄邬彤府上一遇，他的敦厚仁爱使怀素敬仰，今天在洛阳驿偶遇，怀素大喜过望。

第二天吃过早饭，他们就近先去了积善坊唐玄宗故居，后驱车同去创建于东汉的中国第一古刹，世界著名伽蓝，佛教传入中国后兴建的第一座官办寺院白马寺游玩，直到夕阳西下才往回返。

# 18 樽前追忆孙过庭，夜访孙翔殖业里

王宗显特意把晚饭安排在上次和怀素吃饭的承福坊那家酒馆。

承福坊离东宫近，就在东城宣仁门东南角，紧临洛水，颜真卿以前曾在此吃过茶。

掌柜老早等在门口，见颜真卿也来了，恭敬地把他们一行迎上二楼临窗傍水的桌子坐下。

众人坐定，掌柜道：“颜鲁公乃我大唐英雄，菜随便点，我请客。”

酒过三巡，掌柜给颜真卿敬过酒，来到怀素面前，见他脸颊有伤，惊讶道：“上人何故受伤？”

不等怀素说话，王宗显把怀素寻觅书圣墨迹之事简单说了一遍。

掌柜道：“上人，若能再书一纸予我，我让您观孙过庭墨宝真迹如何？”

怀素有些不相信，还是点了点头。

“吹吧，你胡吹吧！你要能拿出来孙过庭墨迹，不仅上人书你一纸，颜大人再书你一纸。”王宗显在此做驿丞，和掌柜熟稔得不能再熟了，从未听说他有什么孙过庭墨迹。

“我是没有，但我表弟有。”掌柜头向上扬了扬，自豪地说道。

“你表弟是谁？”王宗显追问道。

“殖业里办私塾之孙翔。”掌柜道。

颜真卿见众人不信，即道：“如在殖业里，有可能。”他饮下一杯酒继续道，“孙过庭过世已数十年了，他任率府录事参军时，和陈子昂都在太子府当差，关系很好，陈子昂作诗，孙过庭作字，经常就在殖业里孙过庭客舍雅集，影响很大，常常为之门盈道塞。”

“颜大人，不是有可能，那是真的。孙过庭是我姑父，孙翔是他儿子，我们和姨表兄李峄都跟姑父学习，李峄学得最好，现为我之故里富阳丞；孙翔次之，开馆授徒；我叫穆熊，可能是名字没起好，学得最差，就开了酒馆。”掌柜感慨道。

孙过庭，字虔礼，富阳人，他出身寒微，专心致学，四十岁才入仕，因为操守高洁，不久遭受谗言被免，他便专心钻研书法，著有书法理论《书谱》，影响深远。

丢官以后，孙过庭没有离开长安，在朋友们的帮助下继续在长安著书立说。不久，才四十多岁的他就在殖业里客舍暴疾而卒，英年早逝。好友陈子昂怀着悲痛的心情，给孙过庭写下了祭文《祭率府孙录事文》和墓志《率府录事孙君墓志铭》。

菜阜酒美，怀素心不在焉，食不甘味，他挂念着孙过庭的墨迹，稍事吃喝便催促着去殖业里。

殖业里在北市和安喜门之间，离永福坊不远，一会儿工夫便到了。

来到一座大门漆黑的宅院，已是万家灯火，穆熊扣着门环高喊：“表弟，表弟。”

随着答应声，主人挑着灯笼开了门，见一群人站在门口，愣了一下，不情愿地转身往回走。

进了大门就是个弄堂，模模糊糊可以看到摆满了课桌凳。来到上房，挑灯的汉子熄了灯笼收好，道：“表兄，你带这么多人何干？”

穆熊把来客一一作了介绍后道：“这是我表弟孙翔。”

孙翔变得和颜悦色，开始沏茶。

穆熊道：“表弟，你把姑父遗存的墨稿让颜大人他们欣赏欣赏。”

孙翔正在沏茶，闻听此言，把茶壶重重地放到桌子上，道："你能不知道？前几年躲避叛军，早散佚了。"

"表弟，你看看这都是何人！平时你八抬大轿能抬来不？这哪一个你不放心？你拿出来让他们看看，最后让颜大人和怀素上人各书一纸留你，何如？"

孙翔不再言语，他不知道怀素，但颜真卿这个名字如雷贯耳。他重新点上灯笼出去，过了好大一会儿，才抱来一个包裹，层层打开，将一叠文稿交给颜真卿。

大家凑过来，见是孙过庭草书《景福殿赋》。

穆熊问道："你把《书谱》呢？"

"散佚了！"孙翔没好气地道。

那边表兄弟拌嘴，这边颜真卿和怀素被孙过庭《景福殿赋》深深地吸引住了。颜真卿看完一页，便递给怀素，两人看得很细很细，恨不能把此帖刻在脑子里。

穆熊瞟了颜真卿和怀素一眼，不再和孙翔拌嘴，但没有忘记让颜真卿、怀素写字的事，便拉过孙翔开始研墨润笔，等着一会儿向颜真卿和怀素索字。

颜真卿和怀素看得入了神，王宗显主动续茶，茶水凉了，换了几次他俩也没人喝。颜真卿时而点头，时而在大腿上比画，怀素干脆用指头蘸着茶水在桌子上划拉，不知不觉临近子夜。

孙翔有点困了，打了个响亮的哈欠。颜真卿道："孙先生，实在对不起，不觉这么晚了！"

颜真卿从怀素手里要过墨稿，整理停当，交还给孙翔准备辞行。

当众人起身的当儿，穆熊把笔帘撞到了地上，毛笔散了一地。颜真卿回过头，见铺好的纸，研好的墨，想起了来时说的话，便道：“藏真，别忘了践诺！”

颜真卿和怀素给现场每人书一幅书作。

孙翔乃孙过庭之子，书史不见经传，《苏州府志》有载：“孙过庭子孙翔亦能书。”书当不如其父。这是后话，不必细表。

## 19 洛下论书探奥赜，幸得笔法十二意

回到驿馆，怀素来到颜真卿房间，两人对坐品茗。颜真卿知道怀素自长安来，对他带来的朝廷见闻颇感兴趣。怎奈怀素对这些事根本不上心，但颜真卿知道怀素跟着邬彤、张谓，交往的官员都不是平凡人，对他的片言只语听得都很认真，不知不觉一个晚上就这样过去了。

后来几天，两人同去了关林庙、白云山、老君山游玩，怀素对老君山特别感兴趣。知道了被道教尊为太上老君的李耳曾在此山修炼。

老君山上，登高望远，山峰如刀劈斧削，犬牙交错，雄伟壮观。怀素想，这不就是草书突兀险峻、朴茂舒缓，多姿多彩的篇章吗？

在洛阳这几日，颜真卿凡是走亲访友，都带着怀素，共同谈论书法，舞文弄墨。怀素也利用这一难得机会，搜寻前贤遗墨，学习今人硕勋，收获颇丰。

一次，在颜真卿一个朋友家，他们见到了王右丞（王维）的两幅画，怀素兴奋地在《洛中帖》写道：

> 近于洛中得王右丞苔矶静钓、水阁闲棋二画，其林野之思，物景之情，不觉身在其间，信精笔感人也如此。（此帖已佚）

白驹过隙，光阴如梭。来到洛阳，不觉已过旬日。颜真卿做好了西迁母亲殷氏灵柩回万年故里的各项准备工作，怀素也对母亲抱恙拳拳在心，俩人约定，隔日作别。王宗显闻知怀素就要离开洛阳，便准备了丰富的佳肴美酒，准备痛饮，彻醉方休。

酒过三巡，颜真卿道：“来日方长，后会有期，今日之饮，到此为止。

诸位各自去忙，吾与藏真，有话要说。”

众人散去，颜真卿谢绝一切访客，和怀素闭门畅谈。

关起门来，清静异常，颜真卿抿了口茶道：“百善孝为先，上人与清臣（颜真卿字）都得为老母尽孝。明日即别，这里有话对你说。”

“大人，如不是急着侍母汤药，真不忍与您分别。”怀素眼含热泪，十分动情。

“天下没有不散的宴席，明天就此作别，从此天各一方，不知何时才能重逢。上人书法天赋极高，草书之气象堪比张长史（张旭），今将恩师传我之笔法十二意私传于你。”颜真卿道。

“大人，这是藏真梦寐以求之事，贫僧先拜谢了！”怀素起身便拜。

颜真卿忙扶住道：“自古以来，笔法传授，神圣异常。张长史传我笔法十二意之前，方于醴泉县尉任上，为得笔法，我辞官到洛阳拜谒长史，他并未当即传授。我锲而不舍，几次三番求教于他，他才把笔法传授于我。”

颜真卿回忆道，那是在一天晚饭后，张旭、裴儆和他在竹林小院石几旁品茗小酌，不觉夜深，三人都显醉态。裴儆起身道别，颜真卿也不好再逗留，起身随裴儆散去。走出不远，颜真卿见张旭还坐在石几旁独酌，便踅了回来，坐对面给他斟酒。过了一会儿，颜真卿道：“恩师，我心追手摹，历年不辍，沉迷于笔墨之中，但终不得其旨。今若得您笔法精要，定会奉为终身之师学，领会其神妙，清臣将没齿不忘长史恩德。”

张旭醉眼迷离，直勾勾盯着颜真卿，显得很不高兴的样子，神情肃穆地向竹林小院周围扫视一番，起身背手回屋子去了。颜真卿不管他高兴不高兴，铁定了心求他，便跟随其后，回到他憩息之竹林小堂。张旭往床上一坐，示意颜真卿坐在对面的小马扎上，不急不忙道：“笔法乃玄妙之技，不可随意授之。非志士高人，很难体悟其要妙。”

颜真卿点了点头。

张旭说自己观察颜真卿好久了，见他胸有大志、意志坚定，且对书法有悟性，所以，今天将笔法十二意传授给他。

张旭道：“书之求能，且攻真草。”

颜真卿顾不上点头，起身取过纸笔记录。

张旭问：“夫平谓横，子知之乎？”

颜真卿试探着回答：“尝闻长史示令每为一平画，皆需纵横有象，非此之谓乎？”意思是说横画的书写要有起伏，不得拖笔，线条要有弹性。

张旭笑着道：“然。直谓纵，子知之乎？”

颜真卿回答道：“岂非直者从，从不令邪曲之谓乎？”意思是竖画必须‘从’于横画，注意横竖之间的呼应。在保证竖画相对较直的同时，一字之中的两竖不得等同‘立柱’，否则极易生硬、僵死，状如算子；一字之中的竖画主笔要尽量不与作品的总体横势相垂直，否则容易失去上下的连贯。

张旭点了点头，又问：“均谓间，子知乎？”

颜真卿回答：“尝蒙示以间不容光之谓乎？”意思是在笔墨散开时要取法自然，和谐统一，收拢后要计白当黑，不争不犯。另一方面要处理好直与非直，密与非密等关系，力争在矛盾双方由此及彼的桥梁上行走。

张旭点了点头又问：“密谓际，子知之乎？”

颜真卿回答：“岂不谓筑锋下笔，皆令宛成，不令其疏之意乎？”意思是相关联的下一笔要果敢有力，承接处就像盖房子中柱子与檩柁之间的咬合。筑，捣也，意为由上而下的击打；宛，凹进去的意思。

张旭点了点头，又道：“锋谓末，子知之乎？”

颜真卿答：“岂非末已成画，复使锋键之谓乎？”意思是末笔出锋要意完神足，如“也”字楷书末笔要缓起轻收，形成的钝势小钩就像刚刚把弓拉满，箭头被一点一点的缩到了弓背的挽手处的样子；另一方面，在书写过程中要注意笔锋的调整，切不可因为是末笔就草率为之，造成笔锋的“散包”和线条的“泄气”。

张旭点了点头又道：“力谓骨体，子知之乎？”

颜真卿回答：“岂非谓趯笔则点画皆有筋骨，字体自然雄媚之谓乎？”“趯”意思是跳跃，在永字八法中指“钩”。书法中所谓的“力”，是指各种线条按着不同字形组合起来后，所表现出来的一种张力和视觉上的冲击力，这种力不是蛮力，是以具象对抽象的审美表述。

这时颜真卿注意到张旭没有点头，也没有摇头，略略迟疑了一会儿，他觉着可能对自己回答不满意，也不敢打断他的思路。

张旭又接着道：“转轻谓展折，子知之乎？”

颜真卿回答：“岂非钩笔转角，折锋轻过，亦谓转角为暗过之谓乎？”意思是在书写“横折拐角处”时，由左而右，在拐点处稍右再回锋于拐点，调锋而下；在书写“钩”时，锋至出锋处依然暗过之，而后蹲锋回返向上左出。“展”，转也。

张旭点了点头，又道：“次谓牵掣，子知乎？”

颜真卿回答：“岂非谓为牵为掣，次意挫锋，使不怯滞，令险峻而成之谓乎？”意思是两个笔画的连接处，常常会出现游丝的感觉，这种感觉起到了局部与整体，从笔与主笔的牵制作用。这是挫锋的产物，是毫不怯滞，间不容发行笔的结果。

张旭点点头道：“补谓不足，子知乎？损谓有余，子知之乎？巧谓布置，子知之乎？”

颜真卿回答：“补谓不足，岂非谓结构点画或有失趣者，则以别之点画旁救应之谓乎？损谓有余，岂长史所谓趣长笔短，虽点画不足尝使意气有余乎？巧谓布置，岂非欲书先预想字形布置，令其平稳，或意外生体，令有异势？”意思是这是讲创作中的临机把握问题。欣赏一件作品，不仅仅要看其中几个字，重要的是要看它的整体效果。创作中的整体经营就好比农夫垒石头大墙，墙体里外要平，墙顶也要平，因此他们垒墙的时候，常常把石头拿在手里打量一番，长的要削去一块，短的要“补上”，且要“压好、压紧”，彼此咬合起来，使其扎实稳定，否则就不结实。书法创作好似“垒墙”，可以随意夸张（有的时候为了达到补损的情况，某些笔画或者字可以适当延长或者减短，这是为整体的全局做考虑的，属于创作范畴，跟临摹没关系），创作一旦出现了失趣的情况，善于补损就会常常收到意想不到的效果。

张旭点点头道：“夫书道之妙，焕乎其有旨焉。世之学者皆宗二王、元常，颇存逸迹，曾不睥睨八法之妙，遂尔雷同。献之谓之古肥，张旭谓之今瘦。古今既殊，肥瘦颇反，如自省览，有异众说。”

颜真卿知道张旭是讲学书“同”与“不同”的问题。世人都学二王和锺繇，容易造成千人一面的“雷同”。不同时代对“肥瘦”审美的不同要求，书者个体差异，又造成了相同中的不同。也就是说，个性来源与共性，只有溯本求源，笃学精思，善于扬弃，才能够在“有我”与“无我”中找到艺术的真谛，才能体现艺术个性特点。

颜真卿看张旭停顿不语，又道：“幸得到长史授以笔法，学生想再请教，习书之法，如何齐于古人？”

张旭道：“习书之要，妙在执笔，贵在运笔。先使笔画圆润流畅，勿使拘谨。次者要掌握法则。三者布置及迟速。勿使太慢，反不能快。四者纸笔要佳。五者变化，唯释放情怀，随其性情。然必遵循规矩，勿使无度。

具此五点，可齐古人。”

颜真卿又道：“世传您用笔如有神助，可有妙招？”

张旭答道：“学书之法，非口传手授不得其精，非口传手授不得其门。既得口传手授，更得自悟。吾之笔法，得于老舅彦远。吾之前习书，虽功力很深，但无奈不够神妙。道请教于褚遂良，他言用笔如印印泥。吾思虑很久，也没有悟出道理。一次，于江岛之滨，见沙平地净，满目皆景，秀色可餐，便有书写之冲动，于是，用尖锐之物书之，劲险之状，形神俱佳。吾恍然如梦醒，乃悟用笔如锥画沙，沉着痛快。使其藏锋，入木三分，力透纸背。”

怀素听得入了神。颜真卿道：“笔法玄妙，轻易不传，传则传可传之人。你之于书，执着坚毅，悟性极佳，又有天分，值得以传。此为吾之所学，并无保留，全传授予你，望对你有所帮助。”

怀素不胜感激，再次拜倒在地，颜真卿过来扶住道：“右军所言‘穷研篆籀，功省而易成，纂集精专，形彰而势显’当以谨记，细加体悟，便为书学之捷径。”

“您观俺书，病在何处？”怀素恳切地问。

“吾不长于草书，但长史教诲，为草要知动知静。动静各有所长，各有所短，故宜相辅相成，你中有我，我中有你，互相对立，又要相互依存。到底如何运用，千变万化，全在自己把握。”

听到鸡叫声，怀素起身道：“大恩不言谢！您之教诲，没齿不忘，在此，受藏真一拜。”

颜真卿扶住，怀素出门又返身回来，欲言又止。

颜真卿看怀素似有话要说，便道：“有话要说吗？”

“嗯……嗯，就此一别，不知何时才能再会，此有朋友所赠诗文，今之欲结集成册，欲借大人之光，作一序文可好？”

“这有何难？诗稿拿来，就此书予你。”

“时辰已经太晚，贫僧当推迟行程，等您作好之后再启程。”怀素诚恳地说道。

“不必多言，快去将文稿拿来。”颜真卿态度很坚决。

怀素将诗稿交给颜真卿回来，思绪万千，望着窗外，一点睡意也没有，此时他既激动又感激。激动的是他得到了别人想尽千方百计都难以得到的《张长史笔法十二意》，感激的是颜真卿竟如此看重自己，这么毫不保留就把笔法传授给了自己。

窗外是一片不大的桑林，月光静好，微风过处，轻曳慢舞，他回忆着颜真卿刚讲的一切，似有所悟，走近驿丞置放的笔墨，写道：

圆而能转字字合节同桑林之舞也。

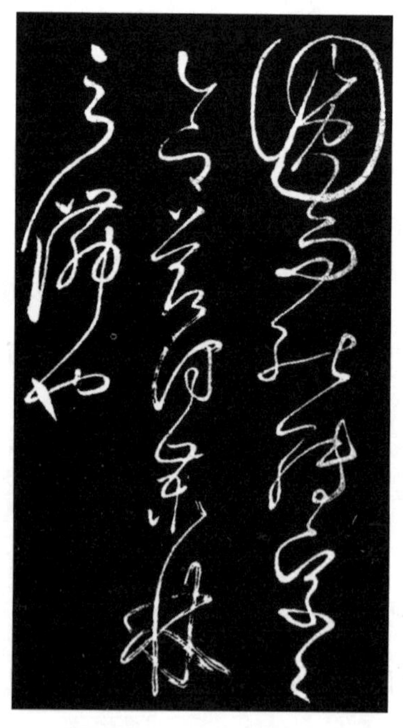

怀素《桑林帖》

昨晚和颜真卿聊得太晚了，怀素睡得很沉。驿站有顺道搭乘的骡马车要起程了，王宗显砸了好长一会儿门，才把怀素叫醒。

怀素起床，急着上路时，颜真卿早已把诗稿及写好的序文准备好了。怀素双手接过诗文，扪泪执手，依依惜别。

送走怀素，王宗显见怀素昨晚随手写的字条，非常喜爱，也就收藏起来，这便是今天我们看到的珍贵的《桑林帖》。

怀素心想，颜真卿昨晚既要翻看诗稿，又要写序，肯定没睡好，今早又起那么早等着送行，心里实在过意不去。

赶了一天路，晚上到了驿馆，怀素稍事安顿，就急不可耐地打开包裹，取出颜真卿写的序文，只见颜真卿用苍劲古拙的行书写道：

怀素上人草书歌序

开士怀素，僧中之英，气概通疏，性灵豁畅。精心草圣，积有岁时，江岭之间，其名大著。故吏部尚书韦公陟，睹其笔力，勖以有成；今礼部侍郎张公谓，赏其不羁，引共游处。兼好事者同作歌以赞之，动盈卷轴。夫草藁之作，起于汉代。杜度、崔瑗，始以妙闻，迨乎伯英，尤擅其美。羲、献兹降，虞、陆相承，口诀手授，以至于吴郡张旭长史。虽姿性颠逸，超绝古今，而楷法精详，特为真正。某早岁尝接游居，屡蒙激劝，告以笔法，资质劣弱，又婴物务，不能恳习，迄以无成。追思一言，何可复得？忽见师作，纵横不群，迅疾骇人，若还旧观。向使师得亲承善诱，函揖规模，则入室之宾，舍子奚适？嗟叹不足，聊书以冠诸篇首。

序文不长，却很有分量。颜真卿从韦陟、张谓角度，借“好事者”作歌等，对怀素多年“精心草圣”予以褒扬，从他的字里行间，读得出他的良苦用心。他担心这些诗人“捧杀”怀素。颜真卿由简述草书衍革，引出了“草圣”张旭，他赞扬张旭“姿性颠逸，超绝古今”，看似颠狂放浪无度的背后，却“楷精法详，特为真正”。颜真卿自我检讨，因“物务”而“无成”，笔锋一转直奔主题，写如果怀素能得到张旭的“亲承善诱”，特别是“亟挹规模”，则肯定能取得大的成就。怀素体会到，颜鲁公说张旭之所以成为“草圣”，是因为他有坚实的真书功底，这里在提醒自己，学书须“真草兼修”。颜真卿自责因“物务”而“无成”，也在警告怀素，世俗名利会使人一事无成。怀素反思，这几年在别人的吹捧下，自己还是少了打基础的功夫，为博得虚名，一直乐于表现、表演，吸引眼球，这不是沉浸于“物务”吗?

怀素觉得颜鲁找准了自己的症结，他冷静了许多，沿途多投宿于寺庙，每晚都要回味颜公传授的“张长史述笔法十二意”。此时，他也想到伯祖父曾说，学书一年人不如已，十年已不如人。他觉得自己要学的东西太多太多，追梦“书圣”的路还很遥远。

此等想法，在伯祖父释惠融、表兄邬彤与颜鲁公洛下论书之前怀素从未想到过。看来，人都有头脑发热的时候，挫折在成才的道路上不可或缺，必要时一盆冷水是何等的重要，“圣人”概莫能外。

## 20 圆梦再回书堂寺，长夜漫话笔调锋

别了颜真卿，怀素翻山越岭，历尽千辛万苦，终于赶年底回到零陵。此时母亲大病初愈，只是体弱尚需将养。怀素在家陪伴数日，便觉心慌难耐，便出门去转悠。

绿天庵面貌如故，洗砚池还在，笔冢还是老样子，只是多了些荒草。龙兴寺这几年也没有变化，怀素入了寺门，径直向自己当年的僧房走去。

僧房已经破败不堪，从窗户上的蜘蛛网看进去，堆放着一些杂物。他正要转身，听到一个熟悉的声音："这不是藏真吗？"

怀素转身见是老僧觉仁师父，便施礼道："正是弟子，师父可好？"

觉仁道："还好，你走这几年，龙兴寺日渐衰落。旧人只剩老僧一人了，身子骨也是一年不如一年，去年收了两个小沙弥。"

怀素随觉仁来到大殿，此地亦不见昔日旺盛的香火，显得有些冷清。当觉仁知道怀素的境况后道："如不介意，旁边有闲着的僧房，打扫打扫可以作为你憩息书写之处。"

怀素回来了，年迈的父母非常高兴，但家里不宜习书，怀素是一天不写都发慌的人，听觉仁这么一说，喜不自胜，当即就搬了过来。

772年，正是壬子鼠年。年景糟透了，回纥使者横行京师，幽州军乱，杀害节度使朱希彩，天灾人祸，祸不单行。怀素回到零陵，原来的好多朋友都各奔东西，遗憾的是好友道州刺史元结也去世了。更让怀素遗憾万分的是朱遥告诉自己，元结临终前为怀素写了一首诗，交朱遥转交，结果朱遥乘船包袱掉入了潇水。

最初，怀素的生活相对平静，除过每日陪伴母亲，帮父亲干点活外，一心在龙兴寺里研习书法。反复回味琢磨邬彤、颜真卿的教诲，回味王羲之、徐浩等人的书论，精心观摹邬彤送的王献之《劳》帖真迹，心追手摹，颇有心得。

平静的日子并不长，怀素多年前就是岭南名人，这次从京城回来，一传十，十传百。朱遥来了，州县故交和新朋都来了。可谓名僧高士，谈宴永日。这衰落的龙兴寺一下子人来人往，香火旺盛起来。觉仁非常高兴，跑前跑后围着怀素转，来客接待，笔墨纸砚悉予供给。这要在以前，怀素高兴得要死，但自从与颜鲁公“洛下论书”之后，他觉得必须要排除一切应酬，静心修习书法。

怀素想起了伯祖父释惠融，便有了去书堂寺的想法。第二天起了个早，给觉仁师父打过招呼，便向书堂寺赶去。

去书堂寺的路还是老样子，比四五年前离开时没有什么变化，但物是人非，怀素此刻心情完全不同。

一踏上这条路，他就想起七岁时出家那件事。为躲避狼群追赶而爬上去的那棵树还在。睹物思人，他想起被一同赶出书堂寺的师兄怀仁，不知如今流落何处。

怀素正在赶路，忽听到身后马蹄声，准备让路时，却听到朱遥的喊声：“藏真，去书堂寺也不喊一声，暂且等等，咱们骑马一同去。”

怀素回过头，见朱遥和道州郡丞刘炳焕、永州司户仇显贵来了。仇显贵手里还牵一匹枣红马。他们几个都是熟人，仇显贵是怀素的铁杆粉丝，所以都没下马，抱拳施礼道：“上马再说。”

原来怀素走后，刘炳焕约发小仇显贵来拜访怀素，恰逢碰上朱遥也找怀素，听觉仁禅师说怀素去了书堂寺，即回零陵县衙随仇显贵再牵了两匹马，一匹让朱遥骑了，一匹给怀素备着，便风急火燎地赶了上来。

凭借马的脚力，闲话间穿过岐山头村，沿湘桂驿道，过了小桥来到了书堂寺。

寺门还是怀素走时的旧样子，只是许久再未重新上漆，显得斑驳陈旧。几人翻身下马，道州郡丞刘炳焕随手就往树上拴马，朱遥道：“这儿拴不得，官道人来人往，盗贼多，谁牵走了，到哪儿寻去？”

见朱遥如是说，他们牵了马进入寺院，一小沙弥过来，老远嚷嚷道：“仇大人且慢，围墙南边可拴马，交于贫僧照看。”

他们刚进寺门，老住持听到外面说话声已经迎了出来，他认识永州司户仇显贵，打过招呼。猛然见身后的怀素，大为惊讶：“莫非是藏真？”

怀素双手合十，施礼回道：“师父，正是弟子。”

入了僧房，上好茶，仇显贵介绍道：“这位是道州郡丞刘炳焕大人，这位是处士朱遥。藏真现在是名震长安的大名人，我等都是陪藏真重访故地而来的。”

老住持一脸茫然。一个被自己逐出山门的小和尚怎么就名震京华了？他脸红到脖根，看看陪着的仇司户和刘郡丞，知道这是真的，他给怀素端了一杯茶，道：“过去的事，为师处理失当，望多多见谅。”

“师父，藏真少不更事，给您添了不少堵。”怀素急忙接了茶杯并问道：“俺伯祖父可在？”

“在，在。老僧就去叫来。”老住持忙不迭地说道。

“不劳师父，弟子过去便好。”怀素道。

“他不在原地方住了，你找不见。”

老住持更老了，下台阶颤颤巍巍地。看到住持如此谦恭，怀素不由得想起了十年前被逐出书堂寺时他决绝的神态，心里颇为感慨。

“书堂寺就是你的家，这次回来多住些时日吧。”老住持边走边对怀素道。

“见过伯祖父，叙叙旧就走。”

老住持有事想求怀素，心想此时不说，怕后边找不到机会，便道：“藏真啊，你看这寺院还是你走时旧样，受战乱影响，香客极少，香钱无几，大殿僧舍破败不堪，亟待修缮，但缺少银两。现在地方太小，需要扩建，北边有块地，但买不过来，仇司户是你朋友，你从中说项，让他帮咱一把。”老住持偏着头双眼盯着怀素道。

说话间已到了释惠融的僧房，怀素在后边应道：“师父放心，此乃挚友，我给他说就是了。”

“惠融师父，看谁来了？”住持喊了一嗓子。

伯祖父释惠融明显老了，他抬头仔细看清是怀素，快步迎上去，紧紧拉住怀素双手，眼含泪花道：“藏真，万万没想到是你，老衲以为这辈子再也见不到你了！去长安了没有？见到叔父和表兄没有？”

怀素满眼含泪道：“见着了，见着了。要不是母亲生病，俺还回不来。”

见过释惠融，他们便共同进午餐。吃饭时怀素向仇司户叙说了寺院的困难。

仇司户答应道：“地的事不用说了，全包在俺身上，绝对不要寺院出一两银子。”

道州郡丞刘炳焕说：“藏真之事就是俺之事，你能帮我也能帮，我捐一年俸禄。我有几个富户朋友，正想请藏真题壁，到时我可化缘，让他们也出些钱粮。”

仇显贵道：“这主意好，我也可以游说交好的富户商贾，有钱出钱，有力出力。”

饭毕，另一僧房已备好文房四宝，应众人要求，怀素先写了几幅字，看天色向晚，便起身道别。住持再恳求他多待几日，释惠融诚心挽留，说还有好多心里话要说。

此情此景，怀素也有了留下来的意思。他确实和伯祖父有太多话要说，便对道州郡丞刘炳焕道："刘大人，你们就此回去，贫僧留寺里和住持、伯祖父叙叙旧，改天再去登门拜谢。"

"也好,待回去联系好他们,让准备好银两,再请上人书壁。"刘炳焕道。

送别了刘炳焕他们，怀素回到僧房，住持百般殷勤，怀素还真有点不适应。

这一晚，怀素和惠融伯祖孙俩打开了话匣子。

怀素把他随张谓到长安，拜见邬彤、钱起以及和颜真卿"洛下论书"经过讲了一遍。

释惠融道："幸甚幸甚，一下子得到表兄和颜鲁公两个笔法传人的指点，定会少走弯路的。"

怀素点头应道："伯公，长安之行，长了见识，懂得了不少道理。真正理解了褚河南（遂良）'良师不遇，岁月徒往，今之能者，时见一斑，忽不悟者，终身瞑目，盖书非口传手授而云能者，未之见也'之道理。"

"是啊，名师出高徒。"释惠融道。

"伯公，有些道理俺也明白，平时也就那么做，但懵懵懂懂，经人家一点拨，立刻就变得清堂了。表兄给俺讲，笔法分执笔法和用笔法。人常讲三指执笔、五指执笔等，不能一概而论，写小字用三指执笔法，写大字用五指执笔法。执笔方法随着时代发展也有变化，古今也有不同。席地而坐书写，左手执卷，右手执笔，多用三指执笔法，如右军（王羲之）。后来高桌子低板凳，伏案书写，多用五指执笔法。无论怎样执笔，总法则是'指实掌虚’。用笔方法，说到底是用锋。何为用锋？用锋贵在调锋？要使笔锋直立不倒，在书写状态下，力保笔锋不散，始终处于锥体形态。唯如此，才能达到中锋行笔。只有中锋行笔，方可力透纸背，如锥划沙，如印印泥。”

“他讲如何调锋？”释惠融本来躺下了，听着听着披衣坐了起来。

“调锋方法很多，主要当属‘提按与使转’。毛笔书写过程，须得拐弯，提按决定笔画粗和细，使转确定方和圆。当中锋跑偏成侧锋或者绞锋时，采用提之法使笔毛聚拢成锥，再按下去调成中锋行笔。再如‘捻管’，当笔锋写成了刷子状，墨枯锋散笔画扁平时，要用捻动笔管收拢笔锋，是笔锋拢成准锥体，也是为达到中锋行笔之目的。三者如‘往复’，向下书写时因按压笔锋呈卧倒状，再回锋上扶，还原锥体；如写横，当向右行笔按压卧伏，可向反方向回锋收笔，即是将卧伏之锋扶起。总之，调锋之目的就是将偏锋、散锋收拾成中锋，最终达到中锋行笔。实际书写中千变万化，很是复杂，不能严格分开，要随形就势，恰当运用。”

怀素也披衣坐起，接着道：“颜鲁公曾问张长史如何‘齐于古人’？长史曰要领有五：一曰执笔法、二曰用笔法，三曰布置法，四曰纸笔法，五曰变化法。‘令其圆畅，勿使拘挛’讲执笔法。‘口传手授之诀，勿使无度’，讲用笔法。不慢不越，巧使合宜，讲学会用笔之后，要在结构上下功夫及纸笔风采，等等。凡此五种，笔法与结构法涉及皮相，学之较易；用笔之法涉及动作，难度增大；纸笔变化，涉及风神，难度最大。所以，要登上书法巅峰者，非下大功夫，非有大智慧不可。”

“技法，表现的是形质的东西，神采表现最难为。”释惠融道。

“皮之不存毛将焉附？唯求其骨力而形势自生。形为神之依，形具而神生，水到而渠成。只有形神兼备，方可求其更为精妙之神采。”

释惠融深以为然。他感到怀素不再是五年前的怀素了，其对书法知识的掌握和理解自己已是望尘莫及。此时的释惠融也忘记了年龄，精神焕发，睡意全无，从被窝里爬出来，时而倾耳细听，时而提问，时而披衣下床，提笔揣摩，不觉雄鸡破晓。

怀素思量，要潜心学习书法，书堂寺环境要比龙兴寺好得多。这里清静，又可以和伯祖父相互讨论，在讨论的过程中，往往还有教学相长的意外收获。老住持和伯祖父也是真心挽留，怀素也就安心住了下来。

过了不久，书堂寺就像龙兴寺一样，也渐渐热闹起来。

唐朝是一个以书取士的朝代。从皇帝到平民，对书法的膜拜到了无以复加的程度。整日来上香拜佛，拜师习字的人熙熙攘攘。州府官员，商贾名流，争相往来。修缮扩建寺院，在怀素帮助下，达官贵人有钱出钱，有力出力，书堂寺向西向北都做了扩建，用剩余的银子还把文秀塔修葺一新。

文秀塔

## 21 湖州追访颜真卿，幸逢茶圣陆鸿渐

怀素回顾回零陵这段时间，除过帮助修缮书堂寺外，更让他觉得充实的是，对邬彤和颜真卿所教授的笔法及张旭“齐于古人”之术反复揣摩实践，颇有心得。他还将别人给自己题赠的诗文按照名头地位，依次收录编辑，前面是颜鲁公写的序，书名是《怀素上人草书歌集》。仇显贵和刘炳焕在这件事上帮了大忙，资助他印刷成册。

龙兴寺香火旺盛了，书堂寺更是面貌全新，老住持特意在文秀塔塔身南侧镶了一方功德碑，详细记叙了这一盛事，对怀素予以褒扬，怀素分外高兴。

转眼到了773年夏末。一天，仇显宗和朱遥又来到书堂寺，这里尽管修缮建设工程还没结束，但寺院面貌焕然一新，文秀塔经过整建，也显得高大漂亮，在岐山头这个川道小村格外耀眼。闲聊中，仇显宗告诉怀素，他们收到了朝廷文牒，颜真卿已于去年九月被任命为湖州刺史。

怀素一算，应该是他们“洛下论书”分手后不久，颜真卿就接到了任命去了湖州。他非常高兴，自从去年一别，他都在咀嚼消化颜真卿给自己传授的诀窍，有点疑惑，曾想过再去拜访他，苦于不知其在何处。获此消息，他立刻有了赶去湖州的想法。

仇显贵让人抬进来一坛酒，他打开舀一勺递给怀素。怀素凑上去，闻了闻，再抿了一小口，品了品道：“何来如此美酒？”

“老韦家陈酿。”仇显贵道。

“不对啊，老韦家穇子酒不是此种味道！”怀素狐疑道。

“上人有所不知，穆子产量低，老韦家酿酒师试着用穆子、糯米或粳米，再加饼药经过反反复复试验，酿制了此种酒，还叫穆子酒，色香比原来好多了。”

不知不觉，三个人把半坛酒喝了下去，仇显贵道：“不许喝了，给藏真留下，日后慢慢品用。”

怀素带着酒意：“但饮无妨。朋友常送，自回零陵，还未曾断过。”

慢饮之时，怀素萌发诗意，便去书桌前提笔写道：

人人送酒不曾沽，

终日松间挂一壶。

草圣欲成狂便发，

真堪画作醉僧图。

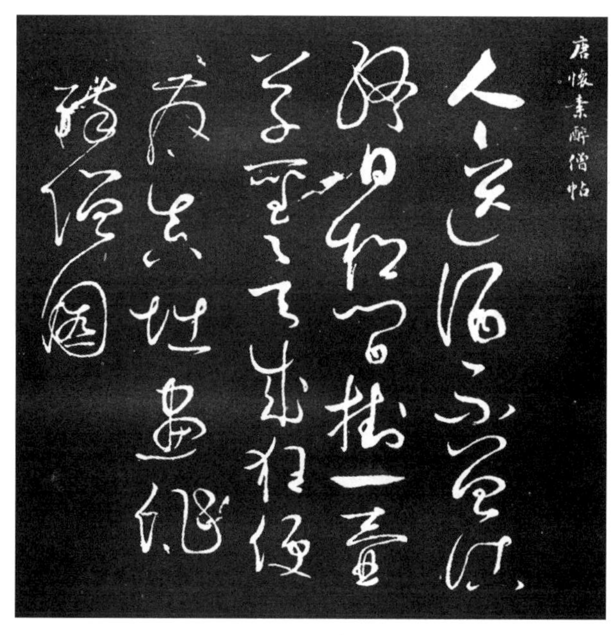


怀素《醉僧帖》

怀素将写好的诗稿送给仇显贵，并与其话别，离开零陵，即刻去湖州府衙拜访颜真卿。

怀素上次是被赶出书堂寺的，这次则不同。老住持和伯祖父不顾老迈体弱，直把他送到数里外的老埠头，到怀素登船渐行渐远看不见后才挥手道别。

怀素向着湖州一路云游，宿古刹名寺，赏名山秀水，交良师益友，一路留下了不少墨迹。这次书写内容最多的就是《怀素上人草书歌集》中的一些内容，顺便也把自己宣扬了一通。

次年春上，怀素来到湖州，和颜真卿两人又一次聚会。

正如怀素所想，前年九月，两人刚分手，颜真卿就接到任湖州刺史的圣旨，于是着手搬迁母亲的灵柩。当在长安祖茔万年县敦化坊安置好母亲灵柩之后已近年关。此时颜真卿已是64岁高龄，经历了安史之乱，亲人离散，又受排挤打击，贬谪外放，身心疲惫，便在长安稍事休息，处理完一些琐事即赴湖州，到湖州任上已是第二年三月了。

湖州是颜真卿仕途失意的低迷期，从766年受奸臣元载排斥，由刑部尚书贬为硖州别驾，继而贬为吉州司马，从正三品降到了从五品下阶。768年四月，由吉州司马起复为抚州刺史，771年闰三月免去抚州刺史，赋闲等待安排，游山亲水，访友作书，直到第二年九月才被任命为湖州刺史。这一时期，颜真卿反复受到佞臣排挤打压，尽管仕途多舛，但书诗颇丰。

到任湖州，颜真卿广纳贤才，善谋务实，坚持无为而治。他认为，天下之事皆好安静而恶烦乱，政繁为召乱之由。无事则民安，天下归之；多事则民烦，天下叛之。清静而民自定，民定则邦兴盛。

颜真卿第一个想到的人就是孙过庭的外甥李崿。

经过了解，李崿还是富阳丞，其人品行高洁，是一干才，便任其为本州防御副使，将垦草、辟田交由他负责；他还任苏州寓客校书郎权器、游客前大理司直杨昱为判官。在他治理下，湖州境内河清海晏，面貌很快就发生了很大变化。在乌程县，安置复业流民600多户，开垦撂荒地300顷，吸引“浮客”近2000人，种桑畜养数万头，阜丰民安。乌程县只是湖州的一个缩影。正是湖州的安定福裕，才使得颜真卿有闲暇和精力渐渐地转向文化领域，以轻松、闲适的心态做起了“文章太守”的事业。

湖州时期，是颜真卿文事兴盛期。他招揽了一大批名儒雅士从事文化活动，有陆羽、皎然、萧存、陆士修、斐澄、李甫、米弁、颜祭、杨涉、智海、张志和等，他先后干了三件大事：

第一件是讨论编纂完成了《韵海镜源》。第二件事是编辑出版唱和雅集，著《吴兴集》十卷。第三件事是书丹刻碑。从773年至777年，先后写了《敕天下放生池铭》《乞御书题额敕批答记》《杼山妙喜寺碑》《吴兴沈氏述祖德记》《颜杲卿碑》《文殊师利菩萨碑》《浪迹先生元真子碑铭》《元结墓碑》《石柱记》《西亭记》《射堂记》《项王庙述》《晋谢太傅塘记》《白鹤山灵济庙记》《干禄字书碑》《颜氏残碑》《和政公主碑》《玄宗贤妃卢氏志》等诸多碑文石刻，还不包括诗刻和墨迹。

陆羽开始住在杼山妙喜寺，被颜真卿邀去编撰《韵海镜源》，怀素刚到湖州，无处安身，便住进了杼山妙喜寺陆羽曾经住过的地方。这间房子不大，但书桌及文房四宝一应俱全，怀素很满意。怀素到此参加最多的是宴饮和笔会，经常和颜真卿、陆羽探讨书法。

陆羽和怀素一见如故，也许是因为两人都出身于沙门净土、都爱书法的缘故，也许是陆羽佩服怀素的狂草，也许是怀素打内心折服于陆羽的博学，不论怎样，两人很快成了朋友。

闲暇时怀素多在妙喜寺钻研书法。一天，陆羽带着自己制作的苦笋和新茶来妙喜寺拜访怀素，交流诗书，吃过晚饭，陆羽下山去了。

陆羽做的苦笋和新茶异常可口。九月的湖州，天气闷热，怀素很快就用完了，他便从案头取过一张绢笺，执笔膏墨，展绢挥洒，给陆羽修书一封：

苦笱及茗异常佳，乃可迳来。怀素上。

怀素《苦笋帖》

他把写好的书信交给下山编纂《韵海镜源》的皎然捎给了陆羽。

陆羽看过书信，异常喜欢，便精心收藏起来，这便是流芳后世的《苦笋帖》，也是最早与茶相关的佛门书法，如今藏于上海博物馆。徐邦达先生在《古书画过眼要录》中评述道：“此书草中带行，用笔圆浑精劲。细筹入骨而不枯硬，结构谨严不作狂态，出于右军而加以变化，自成一家。其中如‘常佳’等字还能看到一些王氏法度，生平所见怀素书，断以此卷为真迹无疑。”此为后话，不必细表。

不久，颜真卿在府衙后院编纂《韵海镜源》的几个雅士居住的房子旁边腾出间屋子，让怀素搬下山来。这样，只要颜真卿没有公务，稍有闲暇就和他一起研讨书法。

从此，怀素和陆羽也生活在了一起。怀素眼里，陆羽简直就是一部读不透的百科全书。他不仅对茶有深入的研究，对剧本写作、戏曲表演、诗歌辞赋、人物传记、书法批评等也有独到的见解，也对考古颇有见树。诗僧皎然在他的《兰亭石桥柱赞》中道，773 年春初，陆羽受友人卢幼平之邀请，共同去越州会稽山祭祀，发现了一块古石，卧于荒野，经陆羽鉴定系“晋永和中兰亭废桥柱”。

怀素来湖州之时，颜真卿已经理顺了政务，腾出手来，编书、书碑、刻碑。这段时间兴头更浓，他让怀素书丹几幅，一并刻了。如今，湖州博物馆还藏有怀素的碑刻。

第二年秋天，在颜真卿、诗僧皎然等人帮助下，为陆羽建造的新住所完工了，陆羽漂泊一生，终于有了一个家。

新居位于湖州府城西北青塘门外的苕溪之滨，唐武德四年所筑的湖州府城有九个城门，其中西北向的叫迎禧门，也叫青塘门，俗名青铜门。相传青塘桥是唐鄂国公尉迟恭督造。陆羽很喜欢这里，把新居起名字曰“青塘别业”。这是一座既简朴又雅致，不算豪华也并非简陋、周围环境很优美的房舍，房前有桑田，房后有翠竹篱菊，远有青山，近有钓溪，风景如画。在陆羽一再邀请下，怀素也搬进了这里。

《韵海镜源》的编辑已近尾声，颜真卿不再干扰陆羽，让他腾出手来专心编著《茶经》。

陆羽长怀素四岁，字鸿渐，复州竟陵人，他一生嗜茶，精于茶道，这一切都与他的出身经历有关。

陆羽生下来因相貌奇丑，被父母在一个深秋的清晨遗弃在西郊一座桥下。竟陵龙盖寺的智积禅师路过，听到桥下群雁哀鸣，走近见一群大雁用翅膀守护着一个男婴，男婴身上铺了一层严霜，冻得瑟瑟发抖，智积把他抱回寺中收养。这座石桥后来就被人们称为“古雁桥”，附近的街道称“雁叫街”，遗迹至今尚存。

一个和尚无端有了个儿子很难说清，这让智积很为难，正好寺院附近的西村居住着一位饱学儒士李公。李公曾为幕府官吏，安史之乱时弃职，在景色秀丽的龙盖山麓开馆教授村童，与智积感情深厚。智积就托李公夫妇哺育这个弃婴。李公夫妇有一满周岁的女儿季兰，就依着季兰的名字，给陆羽取名季疵，视季疵如己出。季兰、季疵同一张桌子吃饭，同一块草甸上玩耍，一晃长到了七八岁，李公夫妇年事渐高，思乡之情日笃，一家人迁回故乡去了。

季疵又被送回龙盖寺，在智积禅师身边煮茶奉水。智积禅师有意栽培他，煞费苦心地为他占卦取名，以《易》占得“渐”卦，卦辞曰：“鸿渐于陆，其羽可用为仪。”意思是鸿雁飞于天空，羽翼翩翩，雁阵齐整，四方皆为通途。于是定姓为“陆”，取名“羽”，以“鸿渐”为字。智积还煮得一手好茶，让陆羽自幼学习茶艺。

智积和尚善于品茶，他不但能鉴别所喝的是什么茶，还能分辨沏茶用的水质、能判断煮茶人是谁。这种品茶本领，一传十，十传百，人们把智积传成是“茶仙”下凡。代宗皇帝嗜茶，也是个品茶行家，闻听此事，半信半疑，便下旨招来智积和尚，当面试茶。

智积和尚到了宫中，皇帝即命宫中善茶者，沏一碗上等茶叶，赐予智积。智积谢恩后轻轻抿了一口，就放下茶碗。皇上问其缘由，智积起身笑道：“贫僧所饮之茶，都是贫僧或弟子陆羽所煎，饮别人所煎之茶，总觉淡泊如水。”皇帝听罢，问陆羽在何处？智积答道：“陆羽酷爱自然，遍游海内名山大川，品评天下名茶美泉，现在何处贫僧也难知晓。”

于是，朝中百官连忙派人四处寻找，终于在江南的舒州（今安徽省安庆市境内）的山上找到了陆羽，立即把他召进宫去。皇帝见陆羽虽说话结巴，其貌不扬，但知识渊博，出语不凡，心生爱才之心。

陆羽取出自己清明前采制的好茶，用泉水烹煎后献给皇上。代宗皇帝轻轻揭开碗盖，一阵清香迎面扑来，精神为之一爽，再看碗中茶水淡绿清澈，品尝之下香醇回甜，连连点头称赞好茶。接着就让陆羽再煎一碗，由宫女送给在御书房的智积品尝。智积端起茶碗喝了一口，连叫好茶，接着一饮而尽。智积放下茶碗，兴冲冲地走出书房，大声问道：“鸿渐何在？”

皇帝吃了一惊：“积公怎么知道陆羽来了？”

智积哈哈大笑道:“贫僧刚才品的茶告诉的,只有渐儿才能煎得出来。”

代宗十分佩服智积和尚的品茶之功和陆羽的茶艺之精，就要留陆羽在宫中供职，培养宫中茶师。陆羽不羡荣华富贵，不久又回到苕溪，专心撰写《茶经》。

陆羽好学善文，十二岁那年，他离开龙盖寺，在当地的戏班子里当丑角演员，兼做编剧和作曲。很受谪守竟陵的名臣天门太守李齐物赏识，他介绍陆羽去火门山，拜隐士邹老夫子门下受业七年，十九岁那年学成下山。

世人尊陆羽为“茶圣”，都认为他茶学研究成就最突出。其实，陆羽历经磨难，阅历丰富，又受邹老夫子的教导，博学多才，在诗词、音韵、书法、地理、考古等方面皆有成就。在《全唐诗》中收入其诗有《歌》与《会稽东小山》两首；《全唐文》收入了《陆文学自传》《怀素别传》《游惠山寺记》《论徐颜二家书》等四篇。他编著过《江表四姓谱》《南北人物志》《吴兴历官志》和《吴兴刺史记》等一些史学著作。他研究山水和编写地方志，在流寓浙西期间，为湖州、无锡、苏州和杭州曾编写了《吴兴记》《吴兴图经》《惠山记》《虎丘山记》《灵隐天竺二寺记》《武林山记》等多种地志和山志。

怀素为有这样的朋友而高兴，青塘别业也就成了两个和尚的天堂，两人常常品茗饮酒，谈天说地，往往谈论至深夜，抵足而眠。

# 22 湖州论草书气象，茶圣立传草圣铭

《韵海镜源》收了尾，陆羽集中精力编纂《茶经》。一次，他和怀素品茗，就将基本完成的草稿递给怀素，想听听他的意见。

《茶经》文字不多，七千多字，分为上、中、下三卷。共十章，依次为：一之源、二之具、三之造、四之器、五之煮、六之饮、七之事、八之出、九之略、十之图。全面叙述茶区分布，茶叶的生长、种植、采摘、制造、品鉴，等等。怀素很快就看完了，正和陆羽交流自己看法，忽然颜府的衙役王福过来，传颜真卿的话，请他俩去石刻坊看刻好的石碑。

石刻坊就在杼山和颜真卿府衙之间。这里已刻好的石碑有《颜杲卿碑》《文殊师利菩萨碑》《浪迹先生元真子碑铭》《石柱记》《西亭记》和怀素书李白诗《望天门山碑》，几个人看了，觉得刻工精细，无可挑剔，便散着步子去了青塘别业，品尝陆羽发现的一种新茶。

颜真卿是和李崿一起来的，跨入屋子，他发现书桌上写好的“枢室”两个大字。也没说话，拿起“枢”字端详一番，然后又拿起“室”字端详，依次三番后道：“迟而不涩，臃而不肿，骨劲肉丰，这是要刻到哪个崖上去？”

陆羽道：“广东韶关乐昌有一种茶，生长于崇山峻岭的九峰山，九峰山西临武江河，北至田头水，属粤北南岭山脉。山壑间植被茂密，泉水涌流，蒸汽上升，云雾缭绕，四时不绝。由此形成九峰山云雾多、湿度大、雨水充沛、昼夜温差大的气象特征，造就了此地茶叶优越的自然环境，因其身上披着一层薄薄的白毛而称白毛茶。此茶叶子肥厚、叶面茸毛多，制

成绿茶其汤微绿，清澈透明，清香四溢，饮后舌底生津，回甘持久。贫僧前几年曾在那里考察过，与前西石岩寺住持交好，前日，他让朋友带信要贫僧写这两个字，将来凿刻于乐昌西石岩壁上。您看如何？”

颜真卿沉吟一会儿，把字靠墙竖放起来，再次端详再三道：“崖刻，还得再大一点，远看更壮观！”

怀素道：“是有点小，至少得有三尺见方才行。”

李崿道：“如果是崖刻，就要再浑厚些。小字难得宽博，大字难得浑厚。俗语道，大字要好，圈圈要小。”

“能大则大。崖刻是远景，细小显单薄。”颜真卿补充道。

陆羽“枢室”

陆羽亲手沏茶，四个人品茶聊天。

颜真卿抿了一口茶问：“藏真，近些时日，有何收获？”

“自从在长安和洛阳聆听了您的教诲之后，我在真书上下功夫，常常琢磨小王的《劳》帖，但总觉临得不像。”怀素道。

“吾自思之，要正确看待像与不像。”陆羽边斟茶边道。颜真卿点了点头，陆羽继续道：“远者姑且不说，就当今书坛，都在心摹手追右军之书，徐吏部（徐浩）因在帝侧，起草四方诏告，书名最盛。贫僧将其与颜鲁公书细作比较，徐吏部像而颜鲁公不像，何故？贫僧以为徐吏部未完全学到右军书之精髓，只是得右军书之皮肤眼鼻，所以字形像；颜鲁公得右军筋骨心肺，并将右军书法核心旨要与个人之气质结合起来。表面上不拘于一笔一画，结体灵活，笔法灵动，所以不像。”

李嶰道：“纵观书史，学书之人，虽学宗一家，而变成多体，无不是因个人性情爱好，自身特点而形成了自己风格：耿直之人则坚挺缺乏遒丽；刚狠之人倔强而缺乏圆润；矜持自敛之人病在拘束；洒脱放荡之人缺少规矩；温顺柔弱之人伤于软缓；急躁勇猛之人过于轻疾；生性多疑之人溺于滞涩；迟缓稳重之人终于蹇钝；轻繁琐碎之人染于俗吏。徐吏部和颜鲁品行炯，异书风当然不同。”

李嶰继续道：“前朝用笔多绞转，而颜鲁公开一代先河，转换处多提按，用笔参以篆籀。如言不谬，颜鲁公将会是开宗立派之人。”

“颜鲁公之书，定会成为丰碑！”怀素道。

“过誉了！山外青山楼外楼，清臣何德何能，敢受此殊誉！”颜真卿自谦道，

陆羽道：“贫僧以为学习书法，得形貌易，得神骏难；得率性易，得精劲难。”

“鸿渐兄，替俺把脉，书病何在？”怀素道。

“谈不上书病。注意笔力沉稳而不迟滞，爽快而不飘滑即可。书之既要沉着又当痛快，切莫贪图爽快，一划而过。”陆羽道。

怀素道：“这毛病俺自己知道，但改之不易。”

颜真卿点了点头道：“鸿渐言之有理，右军四世孙王僧虔曾说，书之妙道，神采为上，形质次之，兼之者方可绍于古人。你与他之观点有异曲

同工之妙。”他转向怀素问：“藏真啊，草书这东西，除过老师教授之外，自己一定要有思考，要有心得。张长史观察‘孤蓬自振，惊沙坐飞’和公孙大娘剑器舞，从中受到启发，将其渗透到草书的创作之中。不知道邬兵曹有何心得？”

“表兄教俺，草书之间的竖牵萦带，‘折钗股’是最为美妙，如屈曲之金银钗脚，圆润遒劲，富于弹性。”怀素回答道。

怀素期待颜真卿的观点，但他没有接茬，又聊起了其他话题。不一会，颜真卿即乘轿回府衙去了。

送走颜真卿，两人回到青塘别业书舍，各自忙活开来。

陆羽对自己刚才论书中的观点很满意，便略作整理，文曰：

徐吏部不授右军笔法，而体裁似右军；颜太保授右军笔法，而点画不似。何也？有博识君子曰：盖以徐得右军皮肤眼鼻也，所以似之；颜得右军筋骨心肺也，所以不似也。

这便是书史上以人为喻，形象化入书论，颇具影响的《论徐颜二家书》。

怀素在一边练字，想起白天到石刻坊看碑刻的事，觉得自己所书之碑，不尽人意，便提笔写道：

少室（少室峰，中有石室，属嵩山）中，有神人藏书，蔡中郎得之。古之成书者，欲后天地而出。其持重如此。今人朝学执笔，夕已勒石，余深鄙之。清臣（颜真卿字）以所藏余书，一一摹勒，具见结习苦心。此犹率意笔，遂为行世，予甚惧也。虽然，予学书三十年，不敢谓入古三昧。而书法至余，亦复一变。世有明眼人，必能知其解者。为书各种，以副清臣之请。（此帖已佚）

写完这段话，怀素睡了。陆羽忙完，正想睡觉，看到怀素随手写的这段话，觉得书文俱佳，就收了起来，不想这一收就传到了明代，董其昌还认真临习过，这是后话。

过了数月，怀素突然想念母亲，便约了陆羽一同到颜真卿府衙辞行。他对颜真卿道："感恩颜鲁公洛下教诲，使贫僧正当迷茫之时，醍醐灌顶，幡然醒悟，收获不小，本不舍离去，怎奈这几日心慌得厉害，日夜思念母亲，只好离开一段时间。"

"慈母在堂，年龄再大也是孩子。母亲在世时间有限，身为人子，当竭力尽孝，恕不挽留。"颜真卿眼噙泪花道。

怀素能感到颜真卿很真诚，同时话语中也透露出丝丝伤感，他知道颜真卿这个大忠大孝之人，童年丧父，中年丧母的那份沉痛。两人一时哽咽，都不说话。

最终还是陆羽打破了沉默："命里注定八合米，走遍天下不满升。与贫僧相比，二位谓之幸甚，福甚矣。"

一语点醒梦中人，有父有母的人，没有注意到这个无父无母弃儿的感受，颜真卿立即收拢表情，换了一副笑脸道："藏真，何时候动身？"

"明天。"怀素道。

"那明天我等为你饯行。你还需作何准备？"颜真卿问。

"出家之人，行止简单，一笔一笠一葫芦即可。你我就要离别，贫僧还有一事不明白，请您不吝赐教。"怀素诚恳道。

"有话便说。我等不是一天朋友了。"

"那天在青塘别业论书，谈到草书要有自己感悟时，您似乎有话没说完？"怀素试探道。

"是的，俺也一直在想，邬兵曹说竖牵最好'折钗股'，能比'屋漏痕'？"颜真卿反问。

怀素脑海里立即呈现出了每逢下雨，绿天庵屋顶漏下来的雨水，顺着土墙徐徐向下流淌，雨水在克服土墙洇渗的同时，在重力作用迟涩下行，那种滞涩凝重、遒劲曲美，不正是中锋迟涩行笔的写照吗？如此中锋涩行，能不力透纸背吗！怀素一拜到地，连声道：“妙！妙！妙！”

折钗股

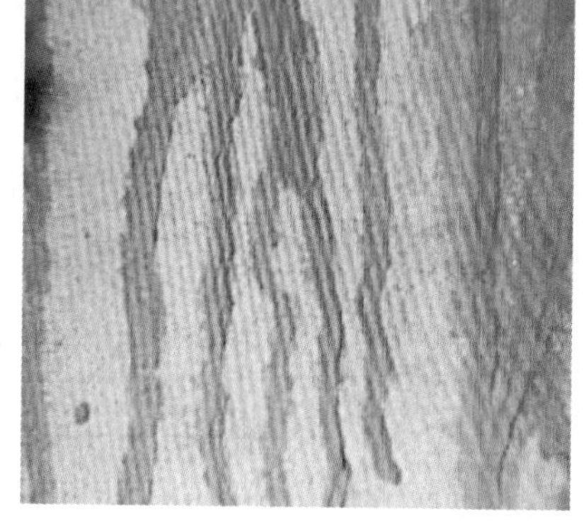
屋漏痕

颜真卿挽住怀素道：“蔡伯喈（蔡邕）曾言‘夫书肇于自然，自然既立，阴阳生焉；阴阳既生，形势出焉。’自然物象万千，人的思维各异，此取决于各人感悟书理之异。‘自非通灵感物，不可与之谈斯道矣’，特别是草书。然，与之草书，你有何见解？”

怀素想了想回道：“藏真喜欢观察夏天之云彩，时而像鬼斧神工之奇峰、时而像面目各异之奇石、时而像江河巨浪、时而如绵延山峦……贫僧常从中吸收学习。特别是风起云涌之时，忽而似渴熊奔泉，忽而似骏马奔腾，忽而似羊群觅草，忽而似危崖奇松，等等，如遇电闪雷鸣，天地黑幕之间，如龙腾于天，欲降于川，似大象而无形。又如墙壁开裂，自然深刻，如果师法篆籀，中锋行笔，追以坼壁之路，定当笔力劲健，力透纸背。”

颜真颜听他说完，动情道：“妙！妙啊！吾之恩师‘真、草、行俱佳，真行书皆有人传，狂草常叹无人为继。’今天与藏真一席话，让吾深觉狂草代不绝人啊！你对‘坼壁之路’的领悟，对‘大象无形’的理解，都是前所未有的。”

向晚，颜真卿安排在府衙设宴，请来皎然等人，把酒畅谈，午夜方散。

回到青塘别业已是午夜，怀素和陆羽又有说不完的话，毫无睡意。怀素道：“明日将要握别，兄台还有应诺俺一事未曾兑现。”

陆羽皱着眉头怎么也想不起来。

怀素笑道：“上次兄台写《陆文学传》时，为兄曾答应为小弟写个《怀素传》，曾记否？”

“噢，为兄着实忘实了，现在就写。”陆羽说完就走到书桌旁提笔膏墨，稍加思索，准备动笔。

“鸿渐兄，俺乃一游方和尚，就像一棵小草，生死如粪土。兄不一样，一部《茶经》则可名垂青史。如果兄为俺作一小传，俺跟着兄在历史上留点小名。”怀素戏言道。

陆羽也不搭话，文不加点地写将起来。怀素冲了壶茶还没喝完，就见陆羽将草稿递过来，展开一看，文曰：

僧怀素传

怀素疏放，不拘细行，万缘皆缪，心自得之。于是饮酒以养性，草书以畅志。时酒酣兴发，遇寺壁、里墙、衣裳、器皿，靡不书之。贫无纸可书，尝于故里种芭蕉万余株，以供挥洒。书不足，乃漆一盘书之；又漆一方板，书之再三，盘、板皆穿。怀素伯祖，惠融禅师也，先时学欧阳询书，世莫能辨，至是乡中呼为大钱师小钱师。吏部尚书韦陟见而赏之曰：“此沙门札翰，当振宇宙大名。”

怀素心悟曰：“夫学无师授，如不由户而出。”乃师金吾兵曹钱塘邬彤（彤），授其笔法。邬亦刘氏之出，与怀素为群从中表兄弟。至中夕而谓怀素曰：“草书古势多矣！惟太宗以献之书如凌冬枯树，寒寂劲硬，不置枝叶。张旭长史又尝私谓肜（彤）曰：‘孤蓬自振，惊沙坐飞，余师而为书，故得奇怪。’凡草圣尽如此。”怀素不复应对，连叫数声曰：“得之矣。”经岁余，辞之去。肜（彤）曰：“万里之别，无以为赠，吾有一宝，割而相与。”先时人传肜（彤）有右军《恶溪》、小王《骚》《劳》三帖，拟此书课，以一本相付。及临路，草书竖牵似古钗脚，勉旃。

至晚岁，颜太师真卿以怀素为同学邬兵曹弟子，问之曰：“夫草书于师授之外，须自得之。张长史观孤蓬、惊沙之外，见公孙大娘剑器舞，始得低昂回翔之状。未知邬兵曹有之乎？”怀素对曰：“似古钗脚，为草书竖牵之极。”颜公于是徜徉而笑，经数月不言其书。怀素又辞之去，颜公曰：“师竖牵学古钗脚，何如屋漏痕？”素抱颜公脚，唱叹久之。颜公徐问之曰：“师亦有自得之乎？”对曰：“贫道观夏云多奇峰，辄常师之。夏云因风变化，乃无常势，又无壁坼之路，一一自然。颜公曰：“噫！草书之渊妙，代不绝人，可谓闻所未闻之旨也。”

怀素非常满意，将其叠好，压于茶杯底下，和陆羽又聊了起来，不知不觉俩人都睡着了。

## 23 书堂寺里堪回首，狂草自叙铸丰碑

回到零陵，已是大历十一年春季。可能是冥冥之中的确有所感应吧，也就是怀素在湖州十分思念母亲的同时，母亲病重仙逝了。此后父亲积劳成疾，不久也离开了人世。怀素悲从心来，哀痛不已，去父母坟上祭奠一番。

父母离世，怀素心里郁闷而空落。他登上千秋岭的望江台，极目万里，顿觉心胸舒朗了许多。他想世人熙熙攘攘，来来往往，不正像这滔滔东逝的江水，如不流去，岂不河阻川塞。所以，生老病死，虽是无常，却也是很自然的事情。想到这里，他心情畅然许多，便起身下山，转悠到诸葛庙，观赏文人墨客的遗墨。接履桥还是老样子，鼓楼巷看不出什么变化，南门比他离开时萧条了许多。最后，他去三多坊，这里是他以前常去的地方，酿酒、加工面粉，轧籽等作坊都集中在这里，他还记得临走之前这里的酒特别便宜。

不知道原来的老朋友都在干什么，此刻怀素也懒得去联系。他想静一段时间，认真研习书法。老宅子是不行的，龙兴寺本来可以去，但它在零陵城里，干扰太大。他又想到了书堂寺，那里不仅有伯祖父，而且依山傍水，风景秀丽，鸟语花香，环境优美，于是他又去了书堂寺。

离开也就三四年时间，星移斗转，物是人非，老住持已经圆寂，这里的住持现在是伯祖父释惠融，也老得颤颤巍巍的。

伯祖父见怀素又回来了，高兴得合不拢嘴。听了怀素暂时不走，即安排人把后院最大的那间禅房腾了出来，文房四宝，生活日用，一应俱全，让怀素搬了进去。

开始这段时间非常安静，怀素起早贪黑，夜以继日地反刍近十年来游历所学，但这样的日子没有持续多久，就被打破了。先是朱遥和道州尉韦之勤来了，接着永州刺史也来了，一拨接一拨，他再也难以静下来。现在谁来都要索字，书写内容有的是李白、钱起、张谓等人的诗，有的是《怀素上人草书歌集》中的诗赞，有的是索书者自己选定的词句，偶尔是怀素自作诗。

这日，怀素在僧房练字，手写顺了，想起陆羽为自己写的《僧怀素传》，便想抄下来。他翻遍了所有能找的地方，就是找不见。他使劲回忆，怎么也想不起来。其实，那晚喝多了，将《僧怀素传》的文稿压到青塘别业的茶杯下，压根就没带回来。

实在找不到了，他想起陆羽为自己创作了《陆文学传》，便想我怀素何不自叙立传?

自叙如何写？怀素开始构思。他想，要对自己书法进行肯定，必须借助他人的评价。他将李白、韦陟、张谓、卢象等人的诗作和颜真卿的序文搜罗出来，根据作者身份分量，评价价值，认真取舍。李白诗不可谓不好，自己也十分崇敬他，但他觉得他是个流放之徒，最后还是决定把李白和他的诗句删掉了。自叙中，他回顾了自己的学书经历、名流评价等，从述形似、叙机格、语疾速等方面作了叙述，文曰：

怀素家长沙，幼而事佛，经禅之暇，颇好笔翰。然恨未能远睹前人之奇迹，所见甚浅。遂担笈杖锡，西游上国，谒见当代名公。错综其事。遗编绝简，往往遇之。豁然心胸，略无疑滞，鱼笺绢素，多所尘点，士大夫不以为怪焉。颜刑部，书家者流，精极笔法，水镜之辨，许在末行。又以尚书司勋郎卢象、小宗伯张正言，曾为歌诗，故叙之曰："开士怀素，僧中之英，气概通疏，性灵豁畅，精心草圣。积有岁时，江岭之间，其名大著。故吏部侍郎韦公陟，睹其笔力。勖以有成。今礼部侍郎张公谓，赏其不羁，引以游处。兼好事者同作歌以赞之，动盈卷轴。夫草稿之作，起于汉代，杜度、崔瑗，始以妙闻。迨乎伯英，尤擅其美。羲献兹降，虞陆相承，口诀手授。以至于吴郡张旭长史，虽姿性颠逸，超绝古今，而模（模字误衍）楷精法（法精二字误倒）详，特为真正。真卿早岁，常接游居，屡蒙激昂，教以笔法；资质劣弱，又婴物务，不能恳习，迄以无成。追思一言，何可复得。忽见师作，纵横不群，迅疾骇人。若还旧观，向使师得亲承善诱，函挹规模，则入室之宾，舍子奚适。嗟叹不足，聊书此，以冠诸篇首。"其后继作不绝，溢乎箱箧。其述形似，则有张礼部云："奔蛇走虺势入座，骤雨旋风声满堂。"卢员外云："初疑轻烟澹古松，又似山开万仞峰。"王永州邕曰："寒猿饮水撼枯藤，壮士拔山伸劲铁。"朱处士遥云："笔下唯看激电流，字成只畏盘龙走。"叙机格，则有李御史舟云："昔张旭之作也，时人谓之张颠，今怀素之为也，余实谓之狂僧。以狂继颠，谁曰不可？"张公又云："稽山贺老粗知名，吴郡张颠曾不面。"许御史瑝云："志在新奇无定则，古瘦漓骊半无墨，醉来信手两三行，醒后却书书不得。"戴御史叔伦云："心手相师势转奇，诡形怪状翻合宜。人人欲问此中妙，怀素自言初不知。"语疾速，则有窦御史冀云："粉壁长廊数十间，兴来小豁胸中气。忽然绝叫三五声，满壁纵横千万字。"戴公又云："驰毫骤墨列奔驷，满座失声看不及。"目愚劣，则有从父司勋员外郎吴兴钱起诗云："远锡无前侣，孤云寄太虚。狂来轻世界，醉里得真如。"皆辞旨激切，理识玄奥，固非虚荡之所敢当，徒增愧畏耳。

怀素《蜀本自叙帖》

怀素字斟句酌，反复修改了几遍，觉得还算满意。

改定文稿，他感觉有点累，搁笔去了伯祖父释惠融的禅房聊天。

回到房间已经很晚了，怀素仍无睡意。他在房间里踱了几个来回，取过自叙手稿，抱过酒坛，自斟自饮，边饮边改。改完自叙草稿，他又想起朱遥白天带来的几支兔毫笔，便打开濡墨，觉得很柔软，蓄墨量大。怀素平日用兼毫居多，和此笔相比，坚挺犹豫，柔软不足。他想试试这种笔，就取过刚刚修改好的自叙草书起来，书完照常落款：大历丙辰秋八月六日沙门怀素。

这便是有记载的，大历十一年（776）他第一次书写的《自叙帖》，后经朝代更迭，不断流转，到了蜀中石阳休手中，成为《自叙帖》流传后世三版本之一的《蜀本自叙帖》。

后来的日子里，怀素不间断地把自叙抄写了好多遍，其中一份流转到宋朝时被冯京收藏，后转入内府，下落不明，到今天只有记载，却不见踪影。

言归正传，777 年十月二十八日，天气已经很冷了，怀素掩住僧房门，正在习字，突然随着声“藏真”的亲切呼喊进来一个僧人，怀素一愣，来人当胸就给了他一拳，道：“你还真认不出来了？”

怀素先是一愣，道：“怀仁？这不是做梦吧！”便双手抓住怀仁肩膀，不停地摇晃着。

冷静下来，怀素发现朱遥也在后面乐着。

原来，怀素从上次回来就一直在打听怀仁的下落，硬是没有音信，他觉得此生可能都见不到怀仁了，没想到朱遥把这件事记在了心里，一直在打听，当他打听到怀仁在长沙栖云庵时，便捎信把他叫了过来。

打听到怀仁下落，他一直没告诉怀素，就是想给他一个惊喜。

怀素高兴极了，像小孩一样欢天喜地。他带朱遥和怀仁吃过饭，打开酒葫芦，开始了童年时光的回忆，不知不觉，一坛酒就被三个人喝得精光。

三人横在同一张僧床上。朱遥第一个睡着了，不久，怀仁也已鼾声如雷。怀素酒后就是睡不着，脑袋晕晕乎乎的，总想起来去写字。他挪开怀仁横在身上的腿，下床点灯。

这次回到书堂寺，伯祖父为了让怀素有更多时间习字，安排了一个小沙弥照顾他的起居，打扫卫生，研墨洗笔，等等。墨汁是小沙弥白天磨好的，怀素知道水分有所蒸发，略加点水，边调墨边想，写什么内容呢？他随便写了一会，感觉这支硬毫秃笔书性很好，便展纸又一次写起自叙来。

他用的一种时下通用的纸，纵不盈尺（28.3 厘米），横不足二尺（51.6

厘米）。开始写时，怀素还很留意，总想将魏晋笔法贯穿进去，相对字字独立，笔法精到，表现出小心翼翼，努力控制的心态，如“西游”二字。写到第十七行“笔法水镜之辨”，亦颇见其学习晋人的成果。十五、十六、十七三行，线条顿挫牵掣有致。从“许在末行”开始，怀素尽管注意了收敛情感，但提按少了，笔法逐渐变得简单。情绪此时相对稳定，节奏也相对平稳，似潺潺流水，淙淙作响。写着写着，可能因书写内容所感染，似乎酒力也在喷发，自“后作不绝溢乎箱箧”起，字的跳动与行的摆动逐渐加剧，似山涧溪流进入波涛万顷江河一般。从“戴公”二字开始，干脆进入“无我”的化境，把笔法的束缚抛到脑后，越写越任性，节奏愈益加快速。自“皆辞旨激切”至收笔的七行，达到了全篇的最高潮。字形一路放大，显现挥毫时愈发无拘无束，自由奔放，一泻千里，奔腾澎湃。

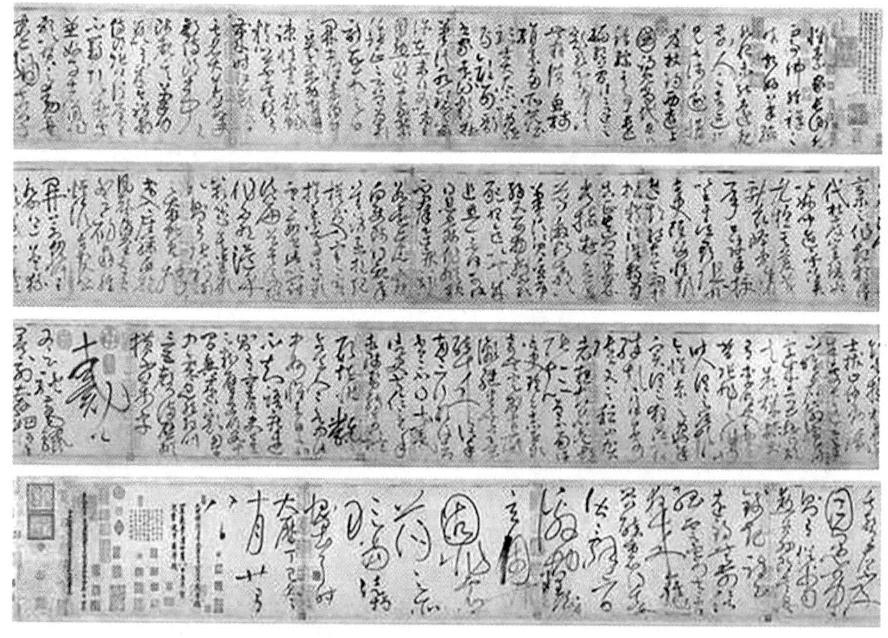

怀素《苏本自叙帖》

放下毛笔，怀素把所写的排列起来，698 个字共用了 15 张纸。他看了整体效果，觉得是写过的数十次当中，最满意的一次。由于多次书写，内容娴熟，倒背如流，和 776 年第一次书写的（蜀本）相比，没有了生涩感。通篇看，笔墨精熟，浓淡枯湿，自然妙有；中锋行笔，贯以篆籀，婉转圆通，细线瘦硬，使转如环，大象无形。偶尔有侧锋点画，如“奥”字，因笔小字大的原因，似乎压到了笔根，更显得率性搦笔，自然天成。前后比较，776 年之自叙用兔毫笔书写，笔毫较为柔软，笔画肥厚，提按丰富，可能是初次书写，速度较慢，字与字相对独立，连缀较少。而一年之后书写的自叙，也可能是经过了许多次书写，非常熟练，连缀不断，结字险峻；用硬毫秃笔，笔画瘦硬，开始还有提按，写到最后，平动神速，不事提按，完全进入了无法而法之境界。前者自叙理性占主导地位，后之自叙，抒情占主导地位，明显可以感觉得到，后者比前者更为坚定自信。前后比较，后者以神采取胜。

怀素也没想到，这次一不留神的自叙之作，竟千古流传，成为书法史上一座与张旭《古诗四帖》齐名的丰碑，也成了奠定他“草圣”地位的成名作。此次《自叙帖》流传到宋时被苏子美收藏，如今习惯称为《苏本自叙帖》，被誉为草书之绝响——“天下第一草书”，此为后话。是年，怀素正值四十岁。

## 24 饱览雁荡绝胜景，义书《四十二章经》

怀素是个勤奋好学之人，一生都处在游学之中，往往率性得说走就走。

佛经中有关雁荡山的美妙记述深深感染了怀素，他倾心神往。于是戴上斗篷，手持锡杖，腰挎酒葫芦，装上秋毫茧纸，即刻上路。

怀素从零陵出发，经衡阳、长沙，再转江西入浙江。一路之上，晓行夜宿，多以寺庙为落脚点。约过了两个月，终于到了乐清县境内。

雁荡山地处浙东南沿海，在乐清县北面，一亿两千万年前由岩浆喷发而成，剧烈而持久的火山喷发，逐渐形成雁荡山奇峰叠嶂、峭石嶙峋的独特地貌，有“海上名山，寰中绝胜”之美誉。

一个秋日，四十二岁的怀素云游到了雁荡山，投宿于雁荡精舍，受到了很高的礼遇，住持亲自安排他的食宿日程，并全程陪伴讲解这里的历史人文景观。

雁荡精舍胜境远藏于深山，主人知道怀素善饮，但佛门幽境，从来不备酒水，于是安排人下山为怀素沽酒。

雁荡精舍主人非常仰慕怀素的大名。几天来，一直陪怀素徜徉于奇峰、怪石、巨嶂、飞瀑的仙山胜境之中，神秘的观音洞、一百九十多米落差的大龙湫瀑布等自然奇观，无不荡涤着怀素的灵魂，怀素也不断地从大自然奇瑰多变中感悟书法的真谛。

这天，住持见怀素被大龙湫的壮美深深陶醉了，十分高兴。便趁机请怀素作书留念。怀素正好书兴大发，便取出囊中秋毫茧纸，用硬毫秃笔，融篆籀于点画，寄山水于篇章，以完全不同的心境，写出了静若处子，飘若仙鸿，与《自叙帖》完全不同风格的佛教经典《佛说四十二章经》。

《佛说四十二章经》是从印度传到中国来的第一部重要经典著作。迦叶摩腾、竺法兰把佛所说的某一段话称为一章，共选集了四十二段话，编集成了这部《佛说四十二章经》。又绘画释迦牟尼佛像供养，由是东土佛法僧三宝具足，实为佛教传入中国之始。《佛说四十二章经》集结了佛陀关于持戒、忍辱、断欲、精进、观空等语录。通篇言简义丰，明了易懂，通摄大小乘一切教义，涵诸法要。这部经典反复强调了持戒的重要性，告诉佛教弟子应该如何修行。是华夏最早译出文字平易简明的修习佛教入门之典籍。祖师大德将此经和《佛遗教经》《八大人觉经》合称之为《佛遗教三经》。

怀素小草《佛说四十二章经》堪称鸿篇巨制，共248行，26663字。可以看出，自777年书写《自叙帖》之后这段时间，怀素很喜欢用锋颖较硬的兼毫或狼毫颓笔书写“细草”，书写时以锋颖为主。因此使转自如，笔笔中锋，瘦劲峭拔，洒脱利落，得心应手。虽然是细线条，但仍让人能感受到恢宏的气势。从创作心情上来说，此帖比《自叙帖》更加自由洒脱，不计工拙而成大作。墨迹相接三丈多长。精舍主人被怀素落笔纵横，气息详静，随手万变，宛若有神的绝妙书风所感动，便如获至宝，悉心收藏。

据史载，《佛说四十二章经》北宋时曾为大觉禅师所得。20世纪20年代，被江苏无锡的周濂、浦永清二人收藏。1928年，中华书局出版的《古今名人墨迹大观》收录了此卷。卷后附有大觉禅师跋文一篇，跋中有云：“师书妙绝古今，落笔纵横，挥毫掣电，怪雨狂风，随手变化，隐见莫测，较之《千文》《自叙》《圣母》诸书，更有清逸瘦劲通神之妙……”大画家徐悲鸿在他画的《怀素写蕉叶图》中甚至写道：“藏真《四十二章经》，前无古人，后无来者，诚当以书佛目之。”

怀素《佛说四十二章经》

## 25 病居长安赠书作，再逢王叵留名帖

这日子就像流水，你在意不在意，它都在那流淌，不知不觉怀素就过了五十，身体大不如以前。由于他长期无节制的饮酒，得了风废之疾。经常出现一些头痛眩晕、抽搐、麻木、蠕动、口眼歪斜、言语不利等症状。

一年前，他离开零陵，到长沙栖云庵，与怀仁一起生活。

栖云庵风水很好，位于衡阳（今长沙市）宁乡县沩山山腰、毗卢峰下。这里四面环山，层峦叠翠，山清水秀。清风徐来，蜻蜓高飞，鸟雀低鸣，方圆十几里，不见商市喧哗，只闻佛音缭绕，是扫除心尘的优雅佛地。据说很早的时候住着个老尼姑，去世后便无人经管。怀仁当年和怀素一起被逐出书堂寺，怀素回了零陵东门外家里，“建造”了绿天庵，终日习字不辍。怀仁游历四方，来到这里，听人说栖云庵的老尼死了，便住了进来，之后陆续又来了两个和尚，怀仁便当起了住持，栖云庵的名字也就习惯性叫了下来。

也许是年龄大了，怀素没有了年轻时候的那股狂劲。也许是对魏晋笔法深入理解后的敬畏，怀素书法没有了先前的躁劲；也许是疾病困扰，他的书写再也无法像以前那样“飙速”，即便大草，也如涓涓细流、淙淙涧溪，气息淡雅。在栖云庵，怀仁想方设法为他提供良好的习书环境，衡阳城里也有许多学习书法的人，慕名前来栖云庵向怀素请教。

在栖云庵，怀素生活上有师兄照料，一边养病一边教授前来学习书法的青年后生，倒也安逸舒心。

有一天，怀仁的朋友净能，来到了栖云庵。他告诉怀仁，明年三月，

有天竺高僧在长安讲经，邀他们一起去长安。

怀素病魔缠身不想去，但经不住怀仁和净能的怂恿，也就上路了，一路上晓行夜宿，终于在兴善大会之前到了长安，怀素忍着疾患之痛，去拜会在长安的故知亲朋。叔父钱起十年前已经去世，颜真卿九年前被叛贼李希烈杀害，张谓也已去世，只有表兄邬彤还在。时光荏苒，世事无常，怀素很伤感。

邬彤此时告老在家，他性格直爽，乐善好饮，周围聚拢了一帮喜欢喝酒的朋友。到长安第二天，邬彤在家里设宴招待怀素一行。净能忌口不吃肉不喝酒，怀仁和怀素高兴，放开肚皮尽情地喝。其中有一个跟随邬彤学习书法叫律公的学生也很能喝酒，和怀素脾气合得来，一来二去攀成了同门师兄弟，相谈甚欢，相见恨晚。

律公对怀素的书法爱得要死，三天两头提着酒肉往旅馆跑，酒喝高了就向怀素索字，要了就拿回去压在箱底藏起来。

这天，送走律公，怀素提笔给好友朱遥修书（这就是后来的《律公帖》），书曰：

律公好事者，前后数度，遂发怀素小兴也，可深藏之箧笥也。

怀素

从这封信来看，怀素病痛缠身，对律公的干扰已是疲于应付。

兴善寺之会日期日益临近，怀素的病也越来越重。脚气使两脚浮肿，脚趾间水疱渗液，胫肿痒痛，难以行动，“风废”病乘虚而入，愈加严重。他在《论书帖》中写道：“藏真自风废以来已四岁”，这几日更是全身不适，神经失控，心如刀刺，痛苦不堪，所以他也没随怀仁、净能他们去兴善寺听高僧讲经。邬彤通过宫里的朋友，请御医给他开了药，律公过来煎药服侍。

律公还是老样子，得空就向他索字，怀素不胜其烦，便在给朱遥的信中再次倾诉：

贫道（唐代佛教徒自称）频患脚气，异常忧闷也，常服三黄汤，诸风疾兼心中，常如刀刺，乃可处方数服，不然客舍非常之忧耳。律公能抬步求贫道起草，斯乃好事也。卒复不尽垂悉。

沙门怀素白

长安城中比较有名的寺院有慈恩寺、青龙寺、荐福寺、永寿寺、大兴善寺等。大兴善寺始建于晋武帝泰始二年（226），原名“遵善寺”，隋文帝开皇年间扩建长安城为大兴城，该寺占城内靖善坊一坊之地，取城名“大兴”二字，取坊名“善”字，赐名“大兴善寺”。

隋开皇年间，印度僧人阇那崛多、达摩笈多等先后来长安，在大兴善寺译经弘法。唐开元年间印度僧人善无畏、金刚智、不空先后驻锡该寺，翻译经典，设坛传密，再经一行、惠果传承弘扬，形成博大精深的佛教文化宝库——唐密。后来又经空海、最澄等传之日本、韩国，再传马来西亚、印度尼西亚等地，流布广泛，影响久远，大兴善寺成为举世公认的中国佛教唐密祖庭。

隋唐时代，长安佛教盛行。由印度来长安传教及留学的僧侣在寺内翻译佛经和传授密宗，大兴善寺因此成为当时长安翻译佛经的三大译场之一，也是中印文化交流史上一个值得纪念的地方。寺庙里，也常常有僧人讲经，伴有杂耍、百戏等表演，僧人也利用庙会中的戏场举行俗讲。俗讲是在寺院讲经中的一种通俗讲唱，它以佛教经义为根据，并增加故事化的成分，以吸引听众。僧人讲经，是百姓接受佛教经义的重要途径。俗讲和庙会中的戏场，给百姓提供了听取佛经的机会。

大兴善寺讲经规模盛大，怀素和怀仁本来是赶大兴善寺庙会听讲经的，怀素却因疾患躺在旅馆。律公每天跑前跑后照顾怀素，可他的病仍不见减轻。

律公煎好药又索了一幅字刚走，随着一声门响，进来一个人，道："素师，来长安咋不告诉一声？"怀素躺在床上，侧过身定睛一看，见是王亘带着下人，提着酒菜来了。王亘以前就喜欢把怀素称"素师"。

怀素挣扎着要下床，道："王大人有所不知，本是来兴善寺听高僧讲经的，怎奈这顽疾缠身，难以移步，大人从何而知？"

王亘是王羲之的后人，好收藏，是张谓在礼部的下属，曾带张谓和怀素去家里欣赏王羲之绢本墨迹《孝女曹娥碑》，还把先祖秘藏王羲之《书论》《题卫夫人〈笔阵图〉后》让怀素私观。两人一见分外高兴。

王亘如今已是三品大员了，还在礼部当差。王亘是从邬彤处得知怀素来了长安，他非常喜欢怀素的书法，就专程找过来。王亘见这里条件不好，便说："素师，此客栈条件不好，如此阴冷潮湿，如何能住？你搬到离皇宫近的永昌坊那儿，那掌柜的是我的朋友。"

怀素道："算了，一动不如一静，将就几日便回去。"

"你一病人，咋能将就！"王亘硬把怀素他们搬了过去。

此处还真不一样，环境优雅，温暖如春，掌柜又是王亘的朋友，细心照料，怀素的风废病，不治也强了好多。王亘又请来御医给怀素把脉。

怀素急切地问："御医，此病是不是风湿引起的？"

御医把了会儿脉，看了口舌，翻了翻眼皮，问了一些情况，怀素一一作答，御医摇了摇头，道："此疾较为很复杂。高祖、太宗、高宗都患此疾。你要谨记，切勿饮酒。"

"饭可以不吃，不饮酒怎行？"怀素道。

御医有点生气，道："如今你不算重，重的时候，就不是头痛眩晕、抽搐、痉挛、肢体颤抖、麻木、蠕动这个样子，可能是口眼歪斜、言语不利、步履不稳，更严重者突然晕厥、不省人事、半身不遂，孰轻孰重，你自己掂量。”

吃药方始，怀素谨遵医嘱，滴酒不沾。慢慢管不住自己，开始的时候，抿一点，过几天，就喝开了。

一天晚上，王叵提了酒菜，和怀素、怀仁小酌，他道：“素师，您这样云游，到头来留不下书作，百年之后，谁还记得历史上有个草圣怀素呢！果真如此，岂不是人生之大憾？”

怀素觉得王叵是个收藏家，身居高位，把书作交给他，再合适不过了，于是道：“贫僧体弱多病，云游四海，也不知哪天葬身何处，难得您有这份真诚，贫僧多书与您。”

御医的药吃过之后，怀素病症更加减轻，他便认真书写了《千字文》《自叙》以及李白等名家诗词，王叵来了就让其从中挑选。不料王叵瞥见书桌旁有封在白麻纸上写的信，拿起来见其笔画圆润，使转灵活，提按得当，放逸而不狂怪，笔墨精彩动人，便爱不释手，书曰：

老僧在长沙食鱼，及来长安城中，多食肉，又为常流所笑，深为不便。故久病不能多书异疏还报。诸君欲兴善之会，当得扶羸也。□日怀素藏真白

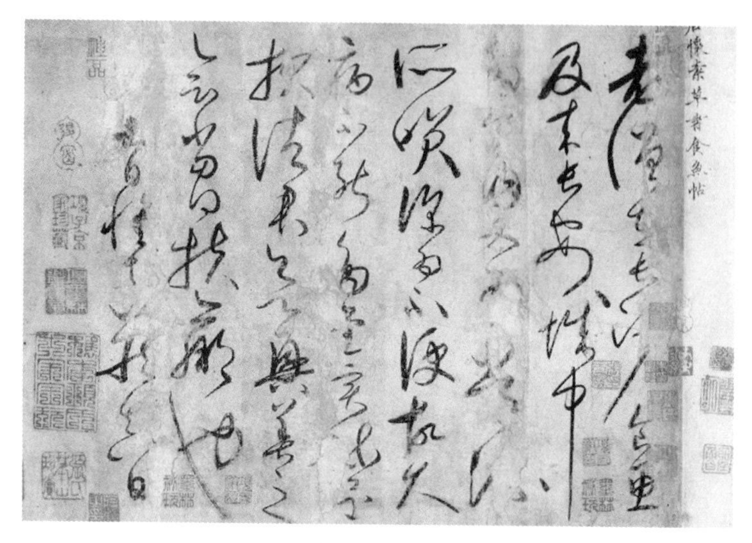

怀素《食鱼帖》

书信末尾，还盖着怀素喜欢用的“军司马印”。

这就是价值连城，珍贵无比的怀素《食鱼帖》，为水墨白麻纸本手卷，尺寸 34.5×52.4 厘米。中华人民共和国成立后，该帖还有一段传奇经历。

《食鱼帖》曾藏山东潍坊丁家，后丁家迁青岛。“文革”期间，《食鱼帖》险些毁于一旦，红卫兵从丁家“抄家”后将《食鱼帖》堆放于青岛市博物馆。1978 年，青岛市博物馆邀请北京故宫博物院书画鉴定家徐邦达来馆鉴定书画，徐先生从未清理好的书画中发现了《食鱼帖》，并在 1979 年撰写《古摹怀素“食鱼帖”的发现》一文。《食鱼帖》为抄家所得，“文革”后落实政策，青岛市博物馆将此帖重新装潢，退还给了丁家。

此后《食鱼帖》在拍卖会上只惊艳地亮过一次相。

2000 年嘉德秋拍，被当时称作“迄今为止最旧的一件书画拍品”的唐朝怀素草书《食鱼帖》，终因未到 1000 万元底价而不幸流拍。流拍时正值文物艺术品拍卖市场的低谷时期。

遗憾的是《食鱼帖》流传有序，多有记载影印，如今深藏于民间，自

1981 年归还个人后，近四十年来无踪无影，这都是后话。

王叵非常欣赏这精美的手札，问怀素：“素师，这是写予何人的？”

“零陵之好友朱遥处士常常挂念贫僧，相约到长安后书信告诉他。这不，写了好几封信，还没送出去。”怀素回答。

“这比您之前书予我那些书作都要精彩，可否允许在下带回去刊石留世？”王叵道。

“这里还有多年前随手书写之作，如喜欢一同拿去。”怀素打开行囊，一股脑倒出来让王叵选。

这些小品总共有二十多件，王叵看着每张都很精美，全都拿走了。回去以后，王叵从中选了怀素多年前和颜真卿“洛下论书”后写的一封没有寄出的信（《藏真帖》）和怀素写给朱遥的两封信（即《律公帖》《贫道帖》）刻石留世。

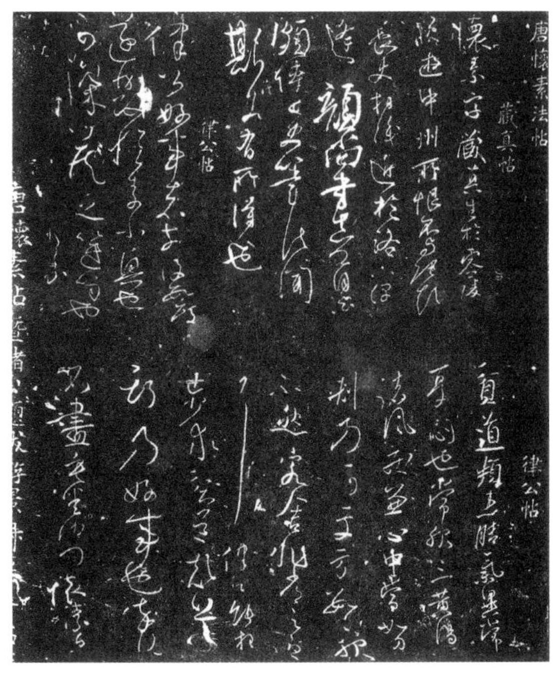


怀素《藏真帖》《律公帖》《贫道帖》

怀素，字藏真，生于零陵，晚游中州，所恨不与张颠长史相识，近于洛下，偶逢颜尚书真卿自云，颇传长史笔法，闻斯法，若有所得也。

《藏真帖》是怀素书法转型期的作品，行草夹杂，短短数行，叙述了怀素苦于未能与张旭相识，从颜真卿处学得张旭笔法，通篇以“颜尚书”为分水岭，分为前后两段，前段以切锋用笔，字字独立内敛；后段以裹锋圆笔为主，字势开张，对比度强。明显能感到洛下论书之后，学笔法、用笔法的渐进过程。而《律公帖》《贫道帖》却明显是怀素烂漫至极复归平淡自我书风形成之后的淡雅之作。

怀素这次到长安，许多老朋友都离开了人世，即便在世也是垂垂老矣。他深感在长沙食鱼，及来长安城中多食肉，又为常流所笑，深为不便，加之疾患缠身，遂决定回零陵老家。

当他把这想法告诉师兄怀仁后，怀仁道：“不必如此急迫。兴善庙会不日将了，你之疾患也日益见好，静待几日，咱们一同回长沙，你在栖云庵住下，俺也好生照顾。”

怀素一想也好，便请律公将此消息转达给表兄邬彤。

邬彤听说怀素要回零陵，便赶来客栈话别。怀素却道：“表兄，前半生你羁绊于宦海，现时无官一身轻，何不寄情山水，随弟去栖云庵小住，舒缓舒缓身心？”

邬彤一听，也动了心。

邬彤也是性情中人，在书法史上，他的确是个值得挖掘和研究的人物。现在书法史上很少提及他，但他确是被历史淹没了的伟大的书法家、书法教育家。

邬彤常常因为自己是张旭的学生而自豪，他还因为有怀素和柳公权这两个学生而骄傲。历史证明他有自豪和骄傲的资本——他自己都不知道，他是连接张旭和怀素两个“草圣”的纽带；他开创了书法教学史上的奇迹，教出了两个书体跨度如此之大的里程碑式的书家——“草圣”怀素和楷书大家柳公权。

邬彤教授这两个学生，也舍得花血本。把自己珍藏的三本“二王”法帖中的两本分别给了怀素和柳公权。要知道，古人视名家墨迹如生命，传说锺繇某天看到韦诞座位上有本蔡邕的《九势》，就想拜读，无论咋说韦诞就是不给，锺繇气得一连三天捶打胸部，使胸部青紫而呕血，生命垂危，曹操派人送来五灵丹，才把锺繇救过来。即便如此，韦诞也没有把《九势》给锺繇看一眼。三年后韦诞去世了，锺繇安排人盗墓得到了这本笔法秘籍，从此如醉如痴地研习，最终成为书史上的一座高峰，而邬彤将“二王”的两本法帖毫不吝惜地送了两个学生。

话说王亘听说怀素就要离开长安，便领来朋友淮南节度使、礼部尚书杜佑的侄子，求怀素书写杜佑侄子撰写的悼念东陵圣母的文章。

东陵圣母，是中国古代神话传说中的人物，广陵府海陵县人，嫁于杜氏，拜上清教真人刘纲为师学道。能够易形变化，时隐时现。她的丈夫杜氏不信道，常常因此生气。东陵圣母治病救人，常常外出给人看病，丈夫愈加气愤，把她告到官府，理由是她“是邪恶伪诈的妖人，不理家务”。官府就把她抓起来投进监狱。不久，东陵圣母从监狱的天窗中飞出去，众人都望见她越来越高，直入云端，只留下所穿的一双鞋在窗下。于是信众盖庙宇祭祀她，老百姓只要向她祷告就能立刻见效。人们还经常看到有一只青色的鸟在祭祀的地方飞来飞去，有人丢失了东西，向它乞问，青鸟就飞去落在偷东西那个人的头上，因此，此地路不拾遗。东汉末年，战乱频仍，异象四起，人心惶然。乱世中的百姓，为祈祷神灵庇佑，就自发筹资，在淮南城内圣母升天的地方，建起了东陵圣母祠，这是江淮一带最大的道教圣地。东陵圣母也一直被当地老百姓奉为救灾祛邪的神灵。圣母庄严美丽的塑像前，日日香火不断。圣母贤名遍及江淮之间，人们或乘车，或步行，皆倾心前来供奉。千百年来，凡遇到水旱灾害，疾病流行，人们都向她祈求，且都能得到圣母善意的回应。

随着时间的推移，风吹雨打，东陵圣母祠破败不堪。淮南节度使杜佑顺应民意，筹资对其进行了修缮。他的侄子为了纪念这一德政，撰文纪念。

成文之后，杜佑的侄子想树碑纪念，他和王叵是朋友，请王叵找个书法家书碑，王叵知道怀素还在长安，就找了过来。

怀素展开碑文，默读道：

圣母心俞至言，世疾冰释，遂奉上清之教，旋登列圣之位。仙阶崇者灵感远，丰功迈者神应速。乃有真人刘君，拥节乘麟，降于庭内。刘君名纲，贵真也。以圣母道应宝箓，才合上仙，授之秘符，饵以珍药，遂神仪爽变，肤骼纤妍，脱异俗流，鄙远尘爱。杜氏初忿，责我妇礼，圣母翛然，不经听虑。久之生讼，至于幽圄，拘同羑里，倏忽霓裳，仙驾降空，卿云临户，顾召二女，蹑虚同升。旭日初照，耸身直上，旌幢彩焕，辉耀莫伦，异乐殊香，没空方息，康帝以为中兴之瑞，诏于其所置仙宫观，庆殊祥也。因号曰“东陵圣母”。家于广陵，仙于东土，曰东陵焉。二女俱升，曰圣母焉。邃宇既崇，真仪丽设。远近归赴，倾吊江淮，水旱札瘥，无不祷请，神贶昭答，人用大康。奸盗之徒，或未引咎，则有青禽，翔其庐上，灵征既降，罪必斯获。闾井之间，无隐慝焉。自晋暨随，年将三百，都鄙精奉，车徒奔属。及炀帝东迁，运终多忌，苛禁道侣，玄元九圣，丕承慕扬至道，真宫秘府，罔不择建。况灵踪可讯，道化在人。虽芜翳荒颓，而奠祷云集，栋宇未复，耆艾衔悲。谁其兴之？粤因硕德。从叔父淮南节度观察使、礼部尚书、监军使太原郭公，道冠方隅，勋崇南服淮沂，既蒸识祇作而不朽，存乎颂声。

贞元九年岁在癸酉五月。

怀素看过碑文，一口应了下来，自此，这就有了十分珍贵的《圣母帖》。《圣母帖》，又称《东陵圣母帖》书于唐贞元九年（793）。不知何故，碑文书写好后并未立即付之石刻，直到宋元祐三年（1088）才予刊石树碑。此版本现藏于故宫博物院，为宋拓陕刻本。

怀素《东陵圣母帖》

从《圣母帖》可以看出，怀素至死都在钻研学习，求新求变，其中“二王”的传承渊源明显。他汲取了王献之之神采，张旭之肥笔，又融以篆籀，圆浑古茂，多带章草意韵。其点画简约凝练，较少牵丝连绵，是怀素晚年通会之作。怀素的《自叙帖》，多用旋锋，高速狂奔，行笔就在一瞬之间，线条如在虚空中翻滚，转折萦带，急转取势，纵横回旋，雷惊电绕而自立笔法。《自叙帖》率性得真趣，通篇犹如奔腾而下的长河，一泻千里，直率、激越；而《圣母帖》以心立法度，绚烂之极，复归平淡，沉着顿挫，尽脱躁气。笔法圆融，应规入矩，点画简约凝练，较少牵丝连绵。通篇犹如一瓣心香，充满着肃穆与尊崇。

清人梁巘在《承晋斋积闻录》中曾谓：“怀素《圣母帖》圆浑古茂，多带章草，是其晚年笔，较《自叙》更佳，盖《自叙》犹极力纵横，而此则浑古自然矣。怀素《圣母》乃其诸帖中之最佳者。”《圣母帖》线条的遒劲圆转，温润古健，可以看出怀素与“二王”的传承渊源。王世贞《艺苑卮言》评曰：“藏真书虽从二张草圣中来，而结法极谨密……晚年书圆熟丰美，又自具一种姿态，大要从山阴派中来……素师诸帖皆遒瘦而露骨。《圣母帖》独匀稳清熟，妙不可言。”

这正反映了怀素书法，随着学习在不断地进步，其风格多变，并非千篇一律。既是他云游四海人生轨迹的真实反映，又是他转益多师书风变化的屐痕写照。

兴善寺庙会很快结束，怀素病情好了许多，邬彤便与怀素、怀仁结伴而行，向湖南进发。一路赏仙山胜水，访名塔古刹，交文朋书友，入秋时节，回到了栖云庵。怀仁把自己住的大点的僧房腾出来让给怀素和邬彤同住，自己住到了怀素原来住的那个小僧房里。

自怀素到了栖云庵后，许多书法爱好者闻讯而来，这些人中，不乏达官贵人、商贾名流、莘莘学子。一时间栖云庵香客大增，本来就很小的寺庙，显然难以适用。这次从长安归来，一路上借宿的所有寺院都比栖云庵好得多，怀仁便产生了扩建的想法，但觉得钱物相差甚远。怀仁便把他的想法告诉了怀素，怀素道：“长沙富户虞沔州曾经要给寺里捐赠，后来你我远赴长安，参加兴善之会，也就没有再说，要是这样，俺择期去会会他。”

怀素是个急性子，本来第二天就想起程。但是去虞沔州家，骑马要一天多路程，寺里没有骡马，只能步行，怎奈脚疾又复发了。正在发愁，恰好来了长沙一个香客，也是先前随虞沔州一同向怀素学习书法的学生。怀素将其书作点评后，给虞沔州修书一封，请虞沔州联系衡阳富户捐些钱物，书曰：

常以忧闷为其劳也，冬熟将船取米物，必寄千斛乃可解也。

药物十月内采取之，还人不复耳。

三月一日报。

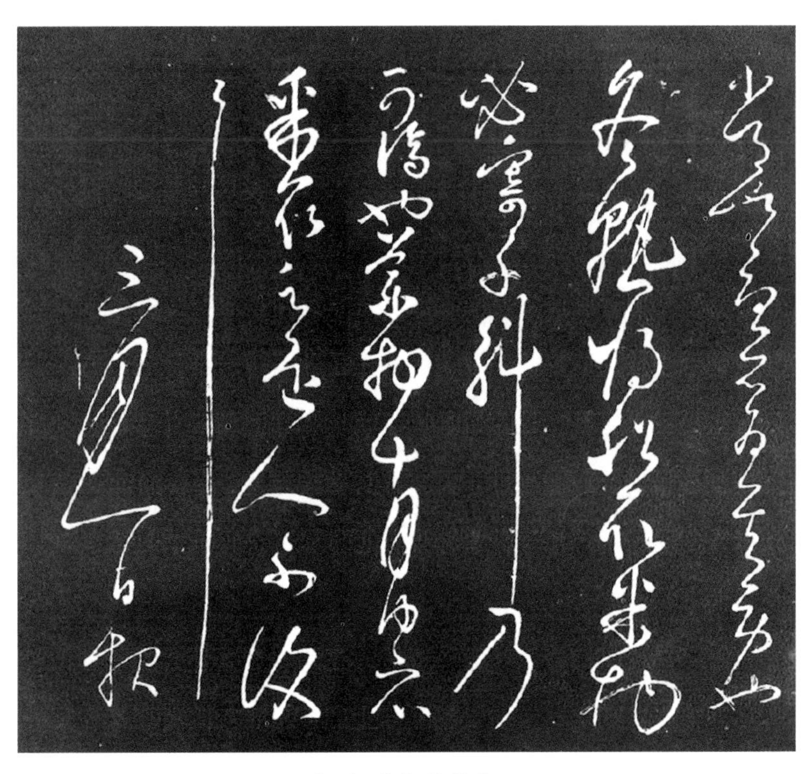

怀素《冬熟帖》

常来的香客见栖云庵扩建，有的出钱，有的出力，扩建还算顺利。

邬彤曾在朝中任职，有许多朋友外放到湖南为官，借此空隙，怀素陪邬彤去衡岳、零陵、道县等地访友游玩。

邬彤和元结是老朋友，他听说元结自己撰文，颜真卿书丹，将《大唐中兴颂》请名匠在浯溪摩崖镌刻，碑高一丈五，宽一丈，全文三百六十三字，每字四至五寸，因奇文、奇字、奇石而称“三绝”，闻其宏伟壮观，便想去看看。此时正在祁阳，还未动身，便收到口信，言怀仁病重了，请怀素快速返回。怀素和邬彤一商量，也就没有再去道县，立即往回折返。

紧赶慢赶，还是迟了，怀仁因为栖云庵扩建劳累过度，加之偶感风寒，一病不起，已于十多天前离开了人世。

怀素看着新建的“大雄宝殿”和四十多间僧房未曾高兴，反倒非常伤感。他和邬彤去怀仁新坟上悼念一番，回来对邬彤说自己身体不好，想回书堂寺。邬彤说既然如此，自己也就回长安去。

商量定了，各自便开始收拾行囊。这时庙里和尚听说怀素要走，全都聚集过来，说怀仁禅师临终留言，让怀素师父住持栖云庵，众僧也一致要求怀素留下来接替怀仁做栖云庵住持。怀素道：“诸位师父，藏真生性乐山好水，不好宅居，乃一率性之人，如何能做住持？”

悟明年长，扑通一声跪下了，带着哭腔道：“师父，您不能走。您走了，栖云庵偏远少客，立马会萧条的，那我等就得散伙，怀仁住持的命就白丢了。”

十几个人齐刷刷地跪下苦苦求情，怀素一时无话，邬彤扶住悟明，转向怀素道：“藏真，你就此留下吧，这里也不错。你如今体弱多病，不宜游历，再者，静下来钻研书法也是好事。”

怀素觉得表兄说的也有道理，便道：“你等知道，俺不善事务，又是个静不下来的人。既然表兄和众人这样说，且暂住时日，等过了这个难关，还得去云游。”

众僧谢过离去，邬彤也随怀素住了下来。

经怀仁扩建后，僧房多了，怀素和邬彤都各住一间。

怀素和邬彤哥俩，脾气对路，特别是酒能喝在一块。两人除了喝酒就是研习书法。这天，酒喝到兴头，怀素想起了寺庙扩建后，门额牌匾应该刷新了，便请邬彤题匾。

邬彤最擅草书，但他的榜书也是了得。曾给郭子仪写了“风落平沙”四个大楷，肃宗皇帝见了十分喜爱，索去挂在内庭。怀素请他题匾，他也不推辞，可东找西找，就是找不到一支合适的大笔，他左顾右盼，见墙角有把老笤帚，抓起来蘸墨写下了“栖云庵”三个遒劲的真书。《宗谱·文献栏》中对此也有记载，有文为证：

> 彤尝客长沙，题笔栖云庵，有怀素者，庵主也，愿从之学书，而柳公权亦执弟子礼。晚唐肃宗、代宗二朝，惟怀素与公权能传邬彤法，以故夏云多奇峰之喻，大有至理。彤配李氏，生五子，长宗纲、次宗纪、三宗纶、四宗统、五宗素。

庙里日常事务悟明就处理了，怀素就是陪邬彤游山玩水，赏景作诗，研墨论书。

怀素敬仰智永，他受智永启发，向李白、卢象、张谓等社会名流索诗，请颜真卿作序，结集刊印了《怀素上人草书歌集》。他坚信自己及草书哪怕片纸不留，书名肯定会留在诗史中。历史也证明了这一点，因那些著名诗人赞美怀素草书的诗收入了《全唐诗》，使怀素及其草书真的名垂青史。但凡事物都是两方面的，那些名气不大的诗人却因写怀素也载入史册。比如鲁收，《全唐诗》中只有他一首诗《怀素上人草书歌》。

如今翻遍史料，关于鲁收只有这几句话：生卒年不详。代宗大历年间在湖南，与怀素过往，有歌诗赞其草书，余不详，事迹见怀素《自叙帖》、颜真卿《怀素上人草书歌序》。《全唐诗》存诗一首，《怀素上人草书歌》。仅此而已。由此推想，鲁收是名气并不大的人，全凭给怀素赠诗而留名史册。怀素对邀请题壁或索字者有求必应，场面越大，越是狂饮无度，极为煽情渲染，以激情和速度征服观众，极尽书写之表演，吸引眼球，力求留下口碑而已。他还将别人写给自己的诗赞和自叙反复书写赠人，目前有记载的《自叙帖》就有苏舜钦藏本、蜀中石阳休藏本和冯京藏本。怀素还把任华给自己的诗赞，多次抄录赠送朋友，米芾《书史》载，宋时王诜就藏有怀素书《任华歌》"真迹两幅"。他向智永学习，用草书反复书写《千字文》，分送予人。从落款来看，至今流传下来的有：《草书千字文》净云枝藏帖拓本，落款："有唐大历二年八月望，沙门怀素。"《大草千字文》版本有三：绿天庵本、群玉堂本、西安本。《群玉堂帖》，共十卷，卷四为怀素《大草千字文》，为美国安思远收藏。西安本由西安知府余子俊于明成化六年（1470）摹刻于西安碑林。清吴荣光、吴云、沈尹默等题跋。拓本在明代曾为于景瞻收藏，后经文徵明、文彭、项子京等庋藏。《小草千字文》，落款"贞元十五年六月十七日于零陵书，时六十有三"。其为绢本，在其传世墨迹中，此作极为珍贵，有"一字一金"之誉。

从流传下来三个版本看，怀素从大历元年二十九岁开始书写《千字文》，到贞元十五年六月六十三岁还写过《千字文》。明孙矿《书画跋跋》："素师《千文》今存世者尚多，想其在日，所书固不少。"所以，怀素四十多年间一定还写过更多，只是历经沧桑仅存这几个版本而已。

怀素所书写的《千字文》是梁时周兴嗣次韵而成。《千字文》选字很慎重，绝大部分是常用字，在音、形、义等方面都有代表性、典型性。《千字文》已经平民化、社会化，取材名家书写的《千字文》为蒙童教材已成习惯，怀素像智永一样，选择反复书写《千字文》遗世，无疑是名垂千古的最佳选择。

一天晚上，怀素拿着自己刚抄好的小草《千字文》请邬彤指点。

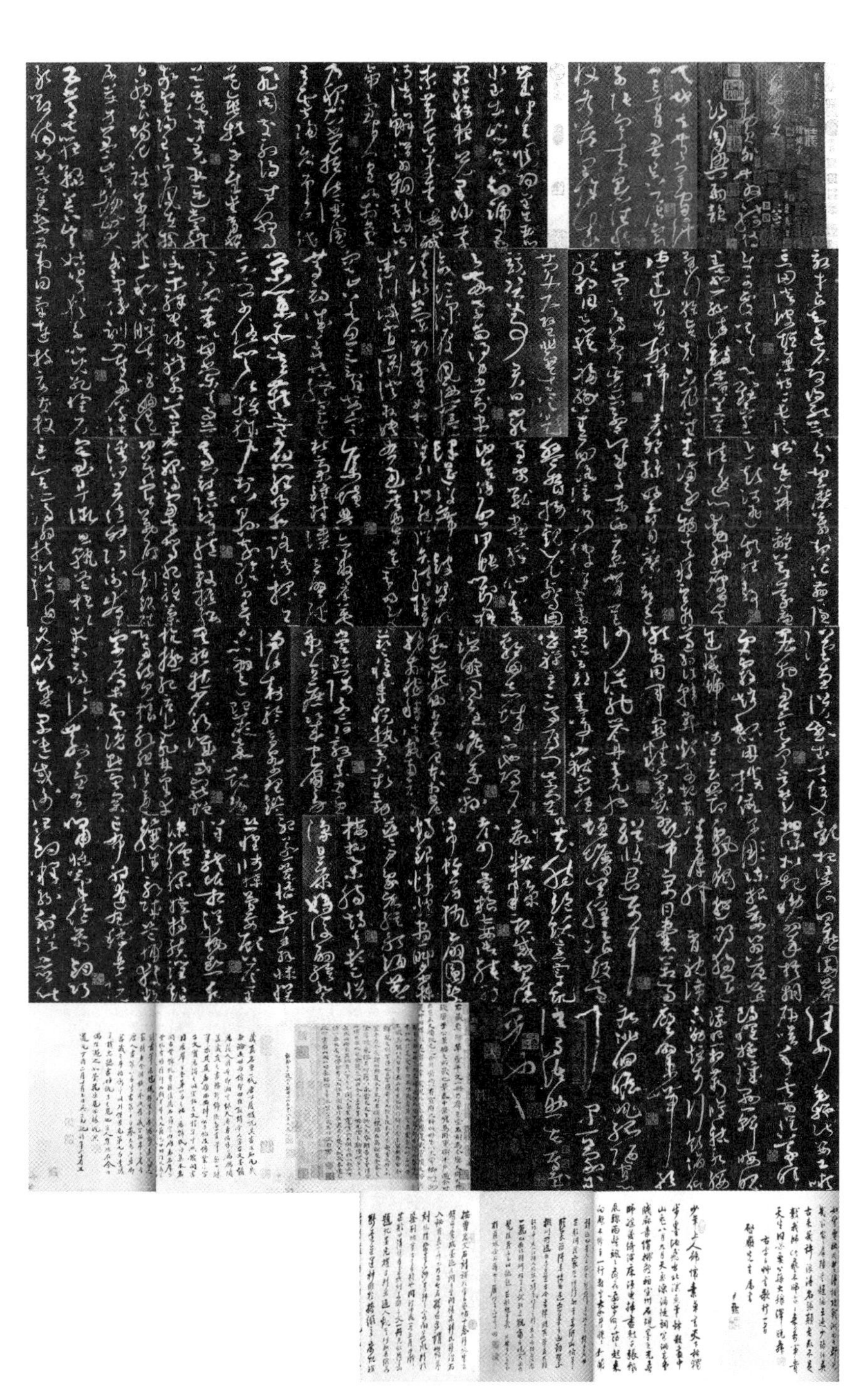

怀素《大草千字文》

邬彤翻了一遍，然后摆放到地上，来回踱着步子认真地看了又看道：“藏真，你感到自己与之前作书有无变化？”

“有变化。以前无知无畏，落笔不循法则，环绕无度，一泻千里；如今作书，小心翼翼，唯恐失范。”

“没错，以风格比较，《自叙帖》长于风神，《千字文》多展心境。”邬彤道。

怀素似乎没有完全理解。

邬彤补充道：“创作《自叙帖》之时，你年轻气盛，意气风发，思想包袱少，书写疾如闪电，一泻无余，到激越处，大象无形，以风神见长。眼前这份《小草千字文》，则属那种含蓄、松透、古淡、从容之气息，形成抓魂摄魄之气场，尽管字字不连，但禅意连绵，以意境见长。表现出一种‘老境’。这个‘老’不是单指年龄，更多是指人生阅历、人生感悟，人生境界，是通过作品自然而然呈现出‘老境’来，无心而自达。此为岁月风蚀历练留下之痕迹，不是刻意追求的，也是刻意追求不来的。”

“表兄，俺也自知，此两者较之，《小草千字文》长于技法，而《自叙》长于神采，但笔法却简单了些。”怀素道。

邬彤抿了口茶道：“世间断无十全十美之事，得中有失，失中有得，书法概莫能外。以前你之书法，诸如《自叙》突出风神，以速取胜，很难兼顾笔法，笔法当然地简单了些。眼前《小草千字文》，字字用意，突显意境，悠然淡雅，笔法丰富，必然失却速度，自然缺少《自叙》那般风神。总之，不管藏头护尾、提按顿挫等笔法，‘法’总是为‘书’服务的，为笔法而笔法是谓书奴，是为炫技。真正狂草，当为踏浪而来，驭风而去，寓法于无形，以神采胜。藏真啊，就你此两幅书作而言，《小草千字文》精妙固好，却未必有《自叙》震撼人心。因为，悦《小草》者书家也，悦

《自叙》者众人也。”

怀素也不敢插话，唯恐打断邬彤的思路，只是不住地点头。

“俺仔细分析，你书风变化之起点，应是在注重了笔法学习之后。”邬彤道。

“是的，在长安先向您学笔法，后于洛阳颜鲁公授‘张长史述笔法十二意’，还在王叵处观赏了王羲之《书论》，于长安临摹大王《久在帖》《故人帖》《石膏散帖》《寻常帖》，回零陵临写您赐之小王《劳》帖。未认真揣摩笔法，未认真临摹名帖之前，还真不知道自己是个门外汉。”怀素说得很真诚。

邬彤从怀素眼前这份《小草千字文》里，看到了怀素由《自叙帖》烂漫至极到《小草千字文》复归平淡的拙朴、从容和淡定，看出了他由“二王”而来，又非“二王”的个性，此小草，貌似没有什么强烈的艺术风格，实则达到了最高境界。纵观全篇，行笔迟涩，使转天成，几乎无折，每一个点画的起笔，都有调整笔锋的动作，要么是藏锋，要么是顿笔调整笔锋。其笔法的丰富性在老师张旭以及自己之上，所以他满怀期望地说道：“书法和干事情一样，入门容易，但要形成自己独特个性就难上加难。你知道吴道子吧？”

“‘一日观三绝’之吴道子？”怀素道。

说起“一日观三绝”还有一段佳话。

开元年间的一天，左金吾大将军裴旻母亲去世，想以金帛请张旭和吴道子在天官寺书壁作画为母亲亡魂超度。吴道子早已耳闻裴旻剑术冠绝天下，有“剑圣”之美誉。便道：“闻将军之名久矣！如能为我舞剑一曲，足抵当所赠。观其壮气，并可助我挥毫。”

裴旻知道张旭和吴道子都是酒神，一番饮宴之后，裴旻脱掉孝服，持剑起舞，“走马如飞，左旋右抽”，正当人们眼花缭乱之时，他又“掷剑入云，高数十丈，若电光下射，旻引手执鞘承之，剑透空而入，观者千百人，无不凉惊栗”（《独异志》）。

这边裴旻翩翩舞剑，壁上张旭挥毫疾书、吴道子泼墨作画，“俄顷而就，有若神助”。

当时人们唏嘘感叹书圣、画圣、剑圣联袂表演，“一日之中，获三绝之观”。

“不错。”邬彤道：“吴道子曾随张长史学习书法，以至于像到张长史难以分辨。有人索字，长史无暇，便让吴道子代笔，世人皆以为张长史所书。吴道子非常苦恼，知道如此下去，史上只有张旭，根本不会有吴道子。他明白，自己跟随张旭学习书法没有出头之日，便改学绘画。你现在已经形成了自己之风格，但学无止境，还要继续努力，能在书史上争得一席之地足矣。”

夜已很深了，两人各自回到自己寝房，怀素仍无睡意。他忽然想起白天虞沔州的两个朋友谢年、谢季兄弟俩来访，带来了虞沔州的一封求教书法的信，他应该写个回信。

随手拿了支笔，他见是硬毫秃笔，又放了回去。近日，他对自己习书历程作了一番回顾。以前，特别是在创作《自叙》之后，沉迷于硬一点的秃毫“细草”，便于使转，易于抒发感情，但不容易表达细节。至此，他思索一番，总觉蔡伯喈说的“惟笔软则奇怪生焉”很有道理。他便找了一支锋颖较新的兔毫笔写道：

为其山不高，地亦无灵；为其泉不深，水亦不清；为其书不精，亦无令名，后来足可深戒。藏真自风废，近来已四岁。近蒙薄减，今亦为其颠逸，全胜往年。所颠形诡异，不知从何而来。常自不知耳。昨奉《二谢》书，问知山中事有也。

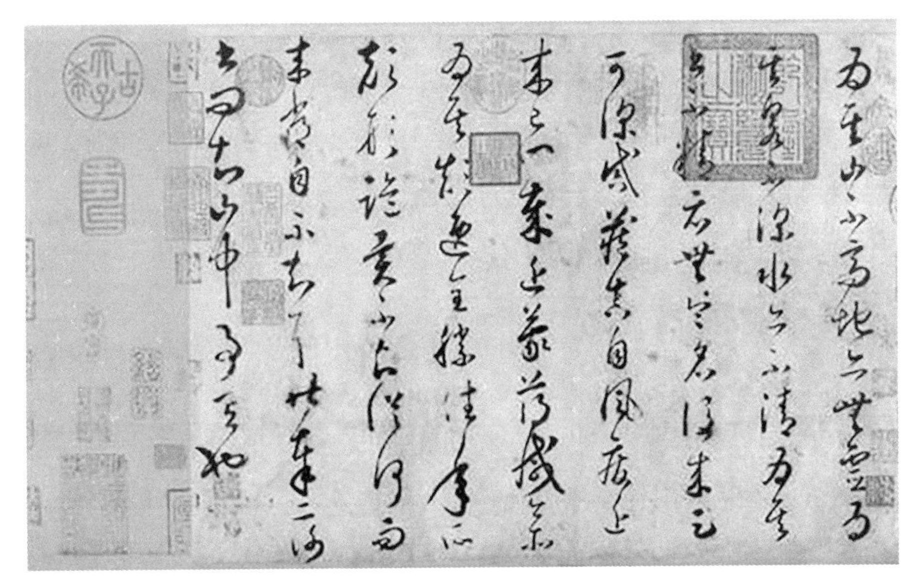

图 22　怀素《论书帖》

《论书帖》的书风明显不同于以往，没有掺杂怀素特有的颠狂放纵之势，用笔瘦逸，结体严谨，章法整饬。显露出“端庄杂流丽，刚健寓婀娜”的风致，代表着怀素草书的另一面目，纵观全篇，出规入矩，绝狂怪之形，寻其渊源，不越魏晋法度。不似《自叙帖》那样，用“古瘦”和“半无墨”的硬毫秃笔创作的笔意连绵不绝、体势险绝诡奇、极度夸张浪漫，以“神速”取胜的狂草风格。此时笔下明显流露出东晋王羲之恬淡平和的气息。

《论书帖》此帖现收藏于辽宁省博物馆。

一天清晨，怀素打了一会儿拳后，来到邬彤房间品茗聊天，日上树梢，见虞沔州和戴叔伦来了。怀素有很久没见戴叔伦了，他快步过去，双手合十道：“早晨起来，喜鹊叫声不绝，猜想有喜事，未曾想是幼公兄到了。”

邬彤和戴叔伦也很熟悉，知道他现在已在御史台任职，就问：“戴御史何往？”

戴叔伦行过礼道："俺自桂州公差路过，听沔州兄说，藏真在此做住持，就过来看望，不想邬兵曹也在。"

"兄长已做御史，在下寡闻，为何不先告于俺。"怀素埋怨道。

虞沔州不认识邬彤，听说是在皇上身边办过差，又是怀素的老师，就特别恭敬，上前施过礼，静默一边。

看看时间尚早，怀素道："吃饭还早点，不如陪幼公（戴叔伦字）去看看'大沩凌云'吧。"

"大沩凌云？"戴叔伦道。

"有诗'千山万水朝沩山，身在沩山不见山'，沩山主峰常年云遮雾绕，实乃人间之仙境，幼公兄来了，不看将会留下终身之遗憾。"怀素道。

戴叔伦的爷爷和父亲都是饱学不仕的隐者，戴叔伦深受影响，在他三十岁出头时被刘晏推荐做了九品秘书省正字，仍怀有"野人无本意，散木任天材"的恬淡情愫，等到他升任御史时，对于仕途其实已经厌倦了，写下诸如"蚤知名是病，不敢绣为衣"以及"身随幻境劳多事，迹学禅心厌有名"之类的诗句，据说在出仕前，他也曾半隐于小天台山中，常与方外之士交往，甚至精研《易经》，总是打算求仙学道。如今听说如此仙境，勾起了他的极大兴致。

几人简单整装，即刻动身前往大沩雪峰。

直到午后，他们才回到栖云庵。

虞沔州来时带了许多上好的纸墨，也有好酒好菜，他吩咐随从摆上，开始漫谈小酌，饮到高兴时，虞沔州提议每人写一幅字。

邬彤、怀素和虞沔州先后都濡墨挥毫，虞沔州兴致不减，还写了第二遍。

虞沔州把邬彤和怀素两位大师之书欣赏再三道："右军言：'夫欲书者，先干研黑，凝神静思，预想字形，大小偃仰，平直振动，令筋脉相连，意在笔前，然后作字。’我作书思想混沌，很难做到意在笔先。如何是好？”

邬彤道：“此法于正书、行书较为重要。作草，特别作大草，那是发于情出于手，很难胸有成竹，思虑周全。”

“什么意在笔前？若不饮，书前还稍有思虑，至酣而书，犹如吃饭往嘴里送一样，全凭感觉。”怀素道。

虞沔州似有所悟，点了点头。

邬彤对身旁的戴叔伦道：“幼公，你也抹几笔吧。”

“吾不善书。”戴叔伦道，“愿献诗一首。”随即吟道：

故侯将吾到山中，更上西峰见远公。

共问置心何处好，主人挥手指虚空。

这就是戴叔伦流传至今的名篇《与虞沔州谒藏真上人诗》。

饮酒，吟诗，泼墨。再吟诗，再泼墨，再饮酒。不知什么时候，也不知谁先躺下，他们横七竖八睡到了第二天晌午。

也不知谁先醒来吵醒了大家，戴叔伦起程要去长安，邬彤想起前些时日柳公权寄书讨教书法，便觉柳公权和怀素一样，也是可塑之才，便修书一封，让戴叔伦带给柳公权。书曰：

近客长沙，寄意萧寺（即佛寺），把酒益豪，思与足下洗研时同一景象，顷者得右军手录，世称神物，远以为赠，庶其留怀。

这一信札，被录入《宗谱·文献栏》，流传至今。

历史证明，邬彤慧眼识英才。他的两个学生，怀素成了与张旭比肩的“草圣”，史称“张颠醉素”；柳公权成为“楷书四大家”之一，与颜真卿并称“颜筋柳骨”，而邬彤这个“张颠醉素”的桥梁、“颜筋柳骨”的纽带，如烛如炬，湮没在书史的长河里，实属憾事。

## 26 通会之际《千金帖》，醉僧藏真游四海

邬彤回长安去了。怀素本来就喜欢闲云野鹤般的生活，正觉寂寞，无心栖云庵的平静生活时，收到了悟澄的信。

悟澄以前是栖云庵的僧人，后来去了东林寺做住持，他来信邀请怀素去游衡岳。怀素很高兴，便将栖云庵一应事务托付给禅师悟明，自己云游去了。

衡山在湖南境内，怀素在悟澄禅师的陪伴下，登上了衡山最高峰——祝融峰。在悟澄禅师索字时，留下了《寄衡岳僧》：

祝融高座对寒峰，云水昭丘几万重。

五月衲衣犹近火，起来白鹤冷青松。

这首诗也被收入了《全唐诗》（卷808），其墨迹在宋代仍在流传。米芾在他的《书史》中写道："怀素草书'祝融高坐对寒峰'，绿绢帖，两行。此字最佳。石紫常刻石有六行，今不见前四行。问夷庚，云：'与王钦臣家杂色缬缬绢背以诗代怀帖同轴。'今闻王之子，为宗室所购。是怀素天下第一好书也。"

这次衡岳之行，怀素一直再没回过栖云庵，再也没有停下云游的脚步。

怀素的风废病越来越严重，手脚不听使唤，书写很艰难。他的脚气也总不见好，一个时期，曾使他再也无法云游。他本欲再回书堂寺去，却收到了好朋友朱遥隐士的邀请信，便回到零陵，住到朱遥府上。

过了六十岁后，怀素只要提笔，手总是抖个不停，郎中要他不要喝酒，但他戒不了。为此，怀素很是伤感。

这天，他和朱遥喝了一通酒，又用小草把《千字文》再写一遍。不知是心情的原因，还是刚才喝了酒的缘故，手竟然不抖了。他对朱遥道：“今日又未曾吃药，手却为何不抖了？”

“可能是久雨天晴，心情好了，也可能是刚才饮酒恰到好处，趋了风寒所致。”朱遥猜测道。

怀素道：“今天也真是风和日丽，俺手痒痒地还真想写一通。”

朱遥立即开始磨墨，怀素取出离开湖州时颜真卿赠的黄色素绢展开，然后反复调了几次笔墨写道：“草书千字文。”

这次怀素不慌不忙，写得很闲雅，朱遥也不敢大声说话，不知过了多久，到第八方黄绢方才写完。怀素写完了，静下神来，喘了口气，一改正文草意，用稳健凝重的行楷写下了落款“贞元十五年六月十七日于零陵书时六十有三”。其中“贞元十五年六月十七日”几个字颜书的味道十足。

看怀素放下笔，朱遥道：“藏真，这是俺见过你之书，最为精彩之作。”

怀素见朱遥已将其依照顺序摆开，便取出“军司马印”在全篇第一个字“草”字偏右处盖上，接下来在每方交接处再盖上，到落款处压“于零”二字，再盖了一方“军司马印”，最后端详了一会儿道：“写得静了，古法多了，但和《自叙帖》相比，风神不足。”

“藏真，世事古难全。《自叙》虽绳墨欠缺些，但神采独领风骚。此《千字文》淡雅闲舒，速度慢了，但笔法丰富。是各有千秋啊。”朱遥道。

朱遥没有说错，在怀素传世墨迹中，后人给予《小草千字文》极高评价，有“一字一金”之誉，故又名《千金帖》。此书笔调平淡闲雅，瘦硬老辣，稚拙古朴，字内点画叠放，字外开拓舒展：其字距清晰分明，行距规整，每行都在十二到十五字之间，不做字距的强烈变化，给人以萧散、空灵的感觉。最明显特征是瘦、劲、灵动。鲜于枢对草书诸家的排序是“怀

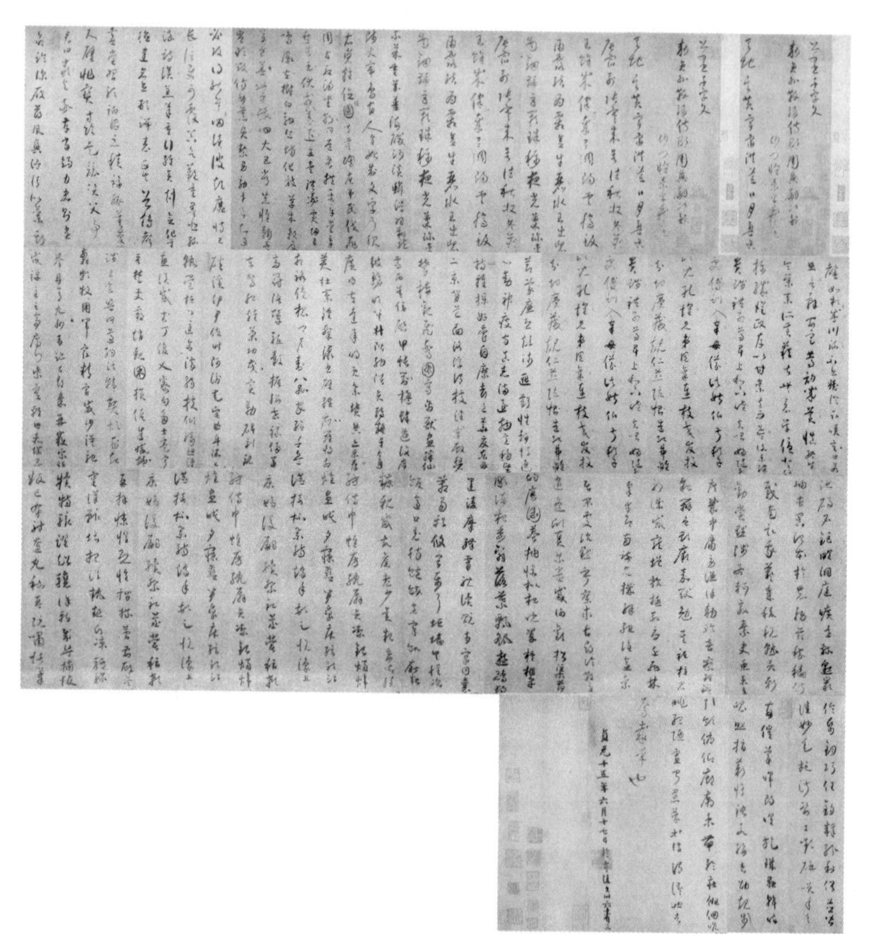

怀素《小草千字文》

素第一、张旭次之、高闲更次之”。此帖明代时为文徵明所藏，清末为六舟僧达受所藏，又归徐少圃收藏。帖前有文嘉、宋翠、毕秋帆、六舟等题签，帖后有文徵明、文嘉、王文治、何绍基、阮元等许多名家题跋。这卷墨迹，规格为纵 28.6 厘米，横 278.6 厘米，为台湾林氏兰千山馆收藏，现珍藏于台北故宫博物院，有“天下第一小草”之美誉。明代文嘉评道：“此卷笔法谨密，字字用意，脱去狂怪怒张之习，而专趋于平淡古雅。”

怀素《自叙帖》《小草千字文》代表了他风格的两种典型：前者“驰

骋于绳墨之外”，后者“谨于法度，出入规矩”，同样都达到了相当高的境界和层次。不仅在唐代占有极重要的地位，对后世书法也产生了深远影响。董其昌的《试笔帖》受怀素书风的影响。于右任《标准草书》多取法于《小草千字文》。宋徽宗的瘦金体深受怀素笔画细瘦，富于弹性的影响。启功小笔写大字，借用他那用小笔锋颖（笔尖）写匀整楷书劲健遒美。怀素对日本书风也影响深远，一代高僧良宽对怀素多有推崇并用心研习，这都是后话。

写完《小草千字文》，怀素自觉身体好了些，又要去云游，朱遥等几个朋友拦也没拦住，有人说他去了四川，曾有感于“夜闻嘉陵江水而草书益佳”，最终游到何方，再也无人知晓，史亦无载。

怀素走了。走得那样悄无声息，就像香山枫树上飘落的一枚枫叶，闪过一抹红光，消失在泥土里。在零陵，他连衣冠冢也没有留下。怀素又似乎没走，绿天庵还在，《自叙帖》还在。

# 世俗之醉与创作之醒

## ——《草圣怀素》创作后记

不知从何时起，我渐渐产生了一个念头——“复活”怀素！

念头产生的是那么的自然，自然到我也记不起源头。但一点很清楚，那就是缘起书法。

我从小就酷爱书法。从懵懵懂懂地喜欢写字，到潜心钻研书法，算来已经四十余载了，以至于学习书法就像吃饭睡觉一样，无知无觉融入了我的血液，成了我生命的一部分。

关注怀素，缘起喜欢《自叙帖》。第一眼看到《自叙帖》，潜意识便迫使我追寻怀素的踪迹。

怀素太伟大了，伟大到在“狂草”领域，千年来无人望其项背，故史称“草书终结者”。怀素太平凡了，平凡到如一草芥，连《旧唐书》《新唐书》皆不见其踪。可见的就是那仅存的十多幅书法碑帖和陆羽五百来字并不全面的小传及其散落于诗海的一些诗文。正因如此，历史上研究怀素的人不多，成果也不多，其功绩伟岸，却形象模糊，模糊到不知其生卒、不知其行迹、不知其交游……

缺少第一手的史料，我曾试图从他的出生地永州寻找一些有用的信息，却令我失望至极。只好由间接入手，研究他的书帖、研究他的朋友、研究别人写给他的诗词，一来二去，竟然在《书法》杂志、《书法报》、《书法导报》和《中国文化报》等报刊发表研究怀素的论文随笔近二十篇。论篇数不算多，但从北京大学冯健教授利用大数据统计结果看，在这个领域应该算是较多的。

2017年，中国书协在湖南举办了“首届怀素草书论坛”，北京大学冯健教授在其获奖论文《“理性”析“真如”：基于30年怀素研究成果的文献计量分析》中指出：三十年来“对怀素研究文献数据库的统计表明，同一人以第一作者发表两篇论文者9人，发表三篇论文者4人，发表十一篇论文者只有1人”。

2018年夏末，湖南永州“摩崖石刻研讨会”，邀请我去做“草圣”遇到“茶圣”的交流讨论。永州文联的领导请我对怀素生平足迹予以考证，以资他们开展系列活动。说起来容易，做起来太难了。但应人事小，误人事大，我只能硬着头皮硬钻。好在世上没有白下的苦，完成了朋友的差事，回过头来，稍加整理，竟然成就了自己关于怀素的第二本书——《草圣怀素》。

我以十分崇敬的心情，着力还原怀素、复活怀素。因为它是在考证研究的基础上完成的，大的脉络在于尽力还原怀素的真实生活轨迹，力求学术性与故事性相统一，意在解钥“草圣”是怎样炼成的，还原怀素书法求新求变创新历程，警示当今书法教学深刻反思。这也是我写这本书的出发点。

怀素是中国书法史上少有的、具有开创性的平民书家。怀素在书史上是一座巍峨的丰碑，也是一本活教材，值得我们花功夫去研究。

即将付梓，我想告诫为今之书学者，学醉僧之醉，当透过其世俗之醉，洞察其创作之醒，否则，如东施效颦、向氏学盗耳！

书法及其理论研究是我的业余爱好，难免有很多不专业的地方，还望方家指正。

张社教

2021年3月